纪伯伦全集

行列之歌

〔黎巴嫩〕纪伯伦 著

李唯中 译

المواكب

中国经济出版社
CHINA ECONOMIC PUBLISHING HOUSE

北京

图书在版编目（CIP）数据

行列之歌 /（黎巴嫩）纪伯伦著；李唯中译 .-- 北京：中国经济出版社，2024.5

（纪伯伦全集）

ISBN 978-7-5136-7641-0

Ⅰ . ①行… Ⅱ . ①纪… ②李… Ⅲ . ①诗集－黎巴嫩－现代 Ⅳ . ① I378.25

中国国家版本馆 CIP 数据核字（2024）第 011829 号

策划编辑　龚风光
特邀策划　青崖白鹭
责任编辑　王　絮
责任印制　马小宾
封面设计　静　颐

出版发行　中国经济出版社
印 刷 者　三河市中晟雅豪印务有限公司
经 销 者　各地新华书店
开　　本　880mm×1230mm　1/32
印　　张　6.5
字　　数　144 千字
版　　次　2024 年 5 月第 1 版
印　　次　2024 年 5 月第 1 次
定　　价　35.00 元
广告经营许可证　京西工商广字第 8179 号

中国经济出版社　网址 www.economyph.com　社址 北京市东城区安定门外大街 58 号　邮编 100011

原序

一般读者只知道纪伯伦的诗有《行列之歌》和《珍趣篇》中的十四首，致使学者和研究者认为纪伯伦已离开韵诗领域，转入了散文天地，以为他厌烦了韵律的束缚，散文诗更符合他迷恋自由的志趣。

其实，纪伯伦无论在写作还是绘画上，均没有限定自己要写或画多少，只是借诗歌、散文或绘画，表达自己的思想和心绪。看过纪伯伦手稿的人，常会发现一页纸上有一行诗，旁边则有一幅画或一段散文。这并不奇怪，因为纪伯伦是旷世罕见的诗人兼画家当中的一位。他将自己的一生全部倾注在写作和艺术实践上，随时记录下自己的思想火花及幻梦，并且不时地回眸察看，不断进行修改，使其渐渐臻于完美。

按照纪伯伦自己的说法，他是“词句之奴”，他“常常花几周时间等待一个短小句子”。

有一天，纪伯伦对玛丽·哈斯凯勒说，他认为写诗较之写格言要容易，他任何时候都能写诗，而且写出的都是好诗。

这就是说，纪伯伦留下的诗作不仅仅是《行列之歌》和《珍趣篇》中的那十四首。因此，世人有必要像搜集他的其他作品一样，将他至今大部分仍然不为人知的散落诗作搜集在一起。

基于此，我们搜集、编纂了“纪伯伦全集”的散文《集外集》和《通信集》两个集子之后，便开始搜集、编辑这部“纪伯伦全集”的诗集，但期它成为“全集”，以便将这位天才人物的个性完整地展现在评论家和读者面前。

本集分三个部分：

第一部分：《行列之歌》

《行列之歌》是一首长诗，1919年第一次出版发行，版本印刷精美，附有纪伯伦本人为之而配的插图，有奈西卜·阿里达为之写的序。序中说：“本书是纪伯伦著作中第一次出版发行的诗歌。纪伯伦诗才无限，无可范围，不拘一题。”

纪伯伦是个叛逆者，这表现在他的诗歌、散文和他的整个写作生涯中。在《行列之歌》里，纪伯伦的叛逆精神亦表现出来，他试图解决生活情感中的善与恶问题。

诗人在诗中提到的“林海”，并非狭义上的森林，而是指整个大自然，这便是对传统习惯和法律的反叛，也是对所有羁绊、束缚的反叛。

第二部分：诗、民歌

这一部分包括1921年发表的《珍趣篇》中的十四首诗，那也是他用阿拉伯文发表的最后一部文集。此外还收入了我们从各处搜集来的诗作。

在这些诗作中，纪伯伦表达了他的心理状况、苏菲神秘派倾向和他对于爱情、命运的见解，以及对生、死和永恒的看法。

纪伯伦很喜欢民歌，尤其喜欢在家乡贝什里听到的那些被反复唱的民歌，这在当地的婚礼上和夜间聚会时，都可以听到。米哈依勒·努埃曼在他写的《纪伯伦传》中谈到，有一天，纪伯伦给他们唱了一首民歌，他十分喜欢，开头是：

泽妮呀，
我们在爱情路上着了迷，
只因我们太爱你。

我们想念你，

但路途实在太远，
只盼我们常常相见。

纪伯伦除了写规范阿拉伯语韵律诗，也是善写长短句民歌的黎巴嫩诗人之一。

第三部分：诗与诗人

这一部分是散文诗，纪伯伦在其中讲述了他关于诗、诗的人道主义任务、诗人及其使命的看法和主张，以便让学者和读者进入纪伯伦的诗歌与思想天地。

纪伯伦在诗歌上的创新是十分明显的：

——在纪伯伦的诗作中，有传统诗、赞美诗、哀悼诗等，这些诗都是在某些场合诞生的作品。

——修辞简明、朴实、新颖。他说：“人们常猜测我有什么写作秘诀，其实我只是将思想藏匿在美的幕帘之下。他们不知道我只是用质朴的方法——因为我相信忠诚的艺术表达是朴实无华的——说出我想说的话，仅此而已。”

——他的诗作富有节奏和音乐感。他说：“当我写诗时，一种丁零丁零声，像音乐一样响在我的头脑里。”各种声韵给诗歌以鲜明节奏。

纪伯伦在写诗时，常从《安达鲁西亚二重奏》里寻找灵感。他极其喜欢二重奏韵诗。他在《被折断的翅膀》中写道：

“我心中自许要见赛勒玛，手里拿着一本小小的《安达鲁西亚二重奏》韵诗集；那二重奏韵诗自那时起直到现在，仍然使我心迷神恋。”

我们的工作还不能说是“完整”了。但对于留心者来说，大门已经开启，理应继续搜集纪伯伦的诗歌和散文。因为我们的这项工作不仅是为我们的天才诗人效力，而且也是为我们、为阿拉伯人、为全世界服务。❶

安东旺·盖瓦勒

❶ 在此一定要向文学家朋友、纪伯伦纪念馆馆长沃西卜·基鲁兹先生致谢。多蒙基鲁兹先生提供纪伯伦的手稿，才编选成就了这本纪伯伦诗歌集。

行列之歌

行列之歌　/ 002

诗

我们看到忧愁　/ 026

亲人死了　/ 027

我放下水桶　/ 028

我　/ 029

在我的画下　/ 031

苏菲派人士　/ 032

让愿望　/ 033

致亲爱的朋友　/ 034

光与静默　/ 036

古国去矣　/ 037

我的沉默是唱歌　/ 038

我们化成雾而来　/ 041

致借书者　/ 043

掘墓人　/ 044

致沉默者　/ 045

假若夜幕将我遮掩　/ 046

假若我死了　/ 048

请你们说 / 049
但愿我…… / 050
死就像生 / 051
霄壤之别 / 052
罗帕 / 053
声名 / 055
日和月的人质 / 056
我的心如此 / 057
我之所爱系我创造 / 058
如果你们要编织 / 059
我原谅了你们 / 060
爱于我心是禁忌 / 061
钉上十字架 / 062
请对兄弟们说 / 063
心的欢乐 / 064
路在何方 / 065
创造辉煌 / 066
让我听一听 / 067
心神 / 070
我们沉默，我们说话 / 071
往昔 / 072
小溪这样说 / 077
心灵 / 079
被遮掩的国度 / 081
老年人的烦恼 / 084
我的心，凭主起誓 / 087
夜之歌 / 089
大海 / 091
鸵鸟 / 093
雄狮般巨人 / 095
我的心 / 099
我是独醒人 / 100
致与我为敌者 / 101
他们是我的民众 / 103

民歌

新娘，请报佳音 / 106
哈利勒·纪伯伦 / 107
泽勒菲民歌 / 110

诗与诗人

诗人是画师 / 116

诗人的死是生 / 117
诗人 / 119
诗人之声 / 121
诗人 / 127
四诗人 / 130
学者与诗人 / 131
关于诗和诗人 / 133
情歌 / 135
两首长诗 / 136
盲诗人 / 138
一曲挽歌 / 140
黎巴嫩一男子 / 142
一个未实现的愿望 / 153
一曲哀歌 / 156
召唤 / 158
在睡莲间 / 162

附录

大地之神 / 166

行列之歌

行列之歌

迫于时境，也许人会行善；
为恶遗迹，纵然尸卧坟丘。
人大多是岁月拨转的机器，
运转个不停终会损坏腐朽。

君且莫说这位是大家名士，
也别谈那是什么权贵领袖。
行善者是随牧号行进的羊，
跟不上运转就会烟消云收。

林海茫茫，无牧羊人，
而且也看不到那羊群。
冬令老翁在蹒跚行走，
却不见春姑与之并进。
人生在世原本是奴隶，
专门侍奉不肯苟且的人。
奴隶一旦站起来行走，
众人也都会随后紧跟。

给我支芦笛，歌唱吧！
歌声，可以哺育智慧。
笛声悠扬，萦回不息，
不论乐师卑贱或高贵。

*　　*　　*

人生一世终是联翩之梦，
梦境随着人的理想变幻。
心中痛苦遮着心底欢乐，
痛苦消失欢乐即漫心间。

生活宽裕掩盖生活秘密，
宽裕逝去生活复临忧患。
若置宽裕与忧患于不顾，
也便靠近了高尚者身边。

林海茫茫，没有忧伤，
而且没有抑郁和痛苦。
微风轻轻吹来拂面时，
伴之而至的并无毒素。

心头惆怅似阴影浮云，

瞬间即逝当不会久驻。
心灵中有时乌云翻滚，
云缝间仍见耀眼星宿。

给我支芦笛，歌唱吧！
歌声，能够祛难消灾。
笛声悠扬，萦回不息，
天地有老，笛声无衰。

*　　*　　*

生命待人宽厚，有谁知足？
烦恼并不能够将人们征服。
人却将生命之河化为杯酒，
巡回河中，个个醉得糊涂。

把盏畅饮似为酒瘾当人质，
好像天生喜欢烂醉若泥土。
礼拜者中横暴、豪富均有，
也有的一直徘徊在梦途。

大地是酒店，岁月乃店主，
若非酒鬼，焉会在此驻足。

看到独醒人，你定感稀罕，
难道月亮能被那乌云遮捂？

林海茫茫，见不到醉汉，
无论醉于酒或沉于梦乡。
酒吧间侍女的红酥手中，
只有浸泡着愁云的醇浆。

麻醉剂本是乳房的奶汁，
哺育世间万物茁壮生长。
当着万物年尽归天之日，
也便是到了断奶的时光。

给我支芦笛，歌唱吧！
歌声是人间最佳营养。
笛声悠扬，萦回不息，
高山可亡，笛声久长。

*　　*　　*

宗教是块带来收获之地，
耕耘者自有各人的目标；
有的期望富贵荣华长在，

连傻瓜都怕遭烈火烧烤。
无复活日惩罚谁会拜主?
如没希望寄托怕会叛教。
宗教就像世上某种店铺,
细心则盈利粗心必亏耗。

林海茫茫,没有教门,
谈不上什么亵渎神明。
当夜莺高歌鸣唱之时,
也没听它说何是胜境。
人间的宗教就像幻影,
来不见迹,去不见踪。
穆罕默德和基督之后,
世上再无新宗教创生。

给我支芦笛,歌唱吧!
歌声,乃最后的祷告。
笛声悠扬,萦回不息,
生命可灭,笛声阵高。

*　　*　　*

人间正义令神鬼哭号,

死人见之会绽现笑容。
年轻罪犯坐牢或死刑，
年长罪犯赐富贵尊荣。

窃花者被斥责与蔑视；
盗地者反被尊为英雄。
斩躯体者会因此被斩；
灭灵魂者却天天逃生。

林海茫茫，没有公理，
亦无判决、刑罚可讲。
只有那杨和柳的树荫，
均匀洒落在大地之上。

常青松柏树不发呓语，
乃书无记载之新篇章。
人间正义如冰似霜雪，
太阳升起就融化流淌。

给我支芦笛，歌唱吧！
歌声是发自心田正义。
笛声悠扬，萦回不息，
罪孽可逝，笛声依依。

*　　*　　*

真理属强权，强者当头领，
弱者永远伴着灾难与不幸。
兽穴有风，附近就无狐仔。
狮子隐去，狐仔便来逞凶。
欧椋鸟的鸟群里也有弱雏，
鸢群当中亦有快死的老鹰。
膂力与武力难以征服民心，
这是真理，谁也不能否定。

林海茫茫，没有强权，
而且也没有软弱之说。
即是听到雄狮的怒吼，
亦别言这会令人惊骇。

人终与意志形影不离，
漫游在逍遥思想王国。
人的权杖终将会腐烂，
正像树叶，秋来飘落。

给我支芦笛，歌唱吧！
歌声是发自心底力量。

笛声悠扬，萦回不息，
太阳泯灭，笛声久长。

*　　*　　*

知识是路，起点已明，
终点则是时光与天命。
最佳知识梦一旦到手，
入沉睡者中必遭嘲讽。

若见做梦者孤独无援，
遭弃蔑视而远离众生。
怪贤眼被明日斗篷遮，
不见国王身裹昔日披风。

圣贤是异乡人活在世，
人们谅解与否终坦诚。
他表面温和绵里藏针，
人近或远，声色不动。

林海茫茫，没有智者，
既没有蠢货也无傻瓜。
杨柳万千条摇曳生姿，

切莫言这个多么伟大！
人间知识实包罗万象，
似云障雾遮田园耕稼；
每当艳阳俯瞰大地时，
云雾便随之消散挥发。

给我支芦笛，歌唱吧！
歌声，是最好的知识。
笛声悠扬，萦回不息，
星辰熄灭，笛声无止。

*　　*　　*

世上自由者建造监牢，
殊不料自己被囚牢里。
倘若还能够设法自救，
生还者只得当人奴隶。

自由者聪明而且执拗，
甚至得意时不讲道理。
自由者奔放而且鲁莽，
敢登永恒光荣之峰脊。

林海茫茫，没自由者，
也没所谓卑贱的奴隶。
荣华富贵与荒谬同意，
皆是飘飞泡沫和蒸气。

杏核如若被东抛西撒，
落入草垛亦光彩绚丽；
它不言哪个低贱卑下，
也不诩多么高贵无比。

给我支芦笛，歌唱吧！
歌声里充满着真善美。
笛声悠扬，萦回不息，
不管乐师卑贱或高贵。

*　　*　　*

人面风雅，温和似贝壳，
筋骨光滑，壳内无珍珠。
世间恶人有两副心肠，
一似面团，另一像石杵。
缺乏大丈夫气概男子，
寸针足使其血染华服。

温柔是卑贱者的甲胄，
遇到威胁可凭此自护；
假若碰到温和的强者，
视力会因此迷离恍惚。

林海茫茫，不见此种人，
其温和气质如同懦夫。
豆蔻树枝高高昂起头，
与冬青槲并齐肩为伍。

孔雀一旦更换上新衣，
其美胜过紫罗兰花束；
但它不晓这中藏欢乐，
还是隐匿着无边苦楚。

给我支芦笛，歌唱吧！
歌声是温和者的风雅。
笛声悠扬，萦回不息，
不论乐师软弱或强大。

*　　*　　*

真人高强在于不露相，

可憎莫过于表面效仿。
口称高明似隔靴搔痒，
无意亦无害空赞一场。
专横者自尊至高君主，
支吾当曲口张算文章。
狂妄者将镜视为天宫，
将自己影子认作月光。

林海茫茫，没有雅士，
风雅类似懦夫的无能。
微风虽总是柔弱无力，
然而它却未曾患疾病。

大河流水诚然乃味美，
但与小溪水本质相同。
奔腾河水，力大无穷，
从来不惧怕顽石坚硬。

给我支芦笛，歌唱吧！
歌声是雅士风度魅力。
笛声悠扬，萦回不息，
不论发自财主或奴隶。

*　　*　　*

人之爱情，形式繁杂多，
半似野草，无花亦无果。
爱情多像某种风吹一样，
益人者少，害人者却多。

躯壳若将爱神引上卧榻，
无疑这爱情将要遇坎坷；
就会像一位被俘的君王，
众叛亲离后而无法生活。

林海茫茫，不见浪子，
乔装打扮欲猎取爱情。
当公牛哞哞叫的时候，
并未声明它是在发情。

人的爱情是一种疾病，
常生在骨与灵肉当中；
一旦青春悄悄飞逝去，
这病亦随之无影无踪。

给我支芦笛，歌唱吧！

歌声里有纯真的爱情。
笛声悠扬，萦回不息，
吹奏者个个俊美盈容。

*　　*　　*

遇见沉醉于爱情的人，
其神魂颠倒不知饥渴。
人们会说他是个疯子，
笑问对爱情有何寄托？

何苦为女子熬红双眼，
平庸一女，实不值得！
你当说他们虽生已死，
人性不通，哪解情歌？

林海茫茫，无非议者，
也不见评头品足之人。
一看到孤独的母羚羊，
公羚羊定会顿生春心。

苍蝇见之也不会惊叹：
“怪哉！新奇！奇新！”

自诩为有见识之士者，
竟将此视为新事奇闻！

给我支芦笛，歌唱吧！
歌声最宜于表述衷肠。
笛声悠扬，萦回不息，
不管乐师愉快或悲伤。

*　　*　　*

我忘却了征服者的豪迈，
水漫大地却未遗忘狂暴。
生双角者总想着屠宰场，
临终的人才心怀着神庙。

胜利中藏着失败的因子，
失败里孕育着胜利根苗。
爱情居于灵魂而非肉体，
似酒能醒人也将人醉倒。

林海茫茫，动物种类多，
无不情侣对对成双结伴。
大摇大摆者显威风凛凛，

乐向世人展示独裁专断。

间或突然化为字母语句，
为罪犯者名字充瓦当砖。
还有一种更可耻的欲望，
众人称之为公开淫乱。

给我支芦笛，歌唱吧！
忘却掉那强者的暴虐。
百合花是晓露的杯盏，
绝非为满斟鲜红的血。

*　　*　　*

世间幸福乃海市蜃楼，
若成现实早为人所厌。
似河水滔滔奔至平地，
水渐浑浊流速亦递减。

勇于攻关者才知幸福，
一旦近之人心灰意懒。
若遇笑别攻关的强人，
可说他生性不喜冒险。

林海茫茫，不必四顾，
但也不感到有何厌恶。
森林所图只点点滴滴，
照此想焉能得到全部？

既然心中仍抱有希望，
要思怎样能实现宏图？
既生存必定有所希冀，
此乃奋斗的一个要素。

给我支芦笛，歌唱吧！
歌声是光，歌声是火。
笛声悠扬，充满希望，
懒惰不与之结伴合伙。

*　　*　　*

灵魂的意愿深深隐藏，
图像与画片无法表示。
人道是灵魂完美之日，
就面临一切消失之时。

宛如果子，一旦成熟，
轻风一吹，果蒂脱枝。

人云躯体，一朝僵直，
灵魂也便丧失了理智。
酷似落在溪水中倒影，
水流浑浊，影即消失。
尘埃不在躯壳内停留，
也不能在灵魂里搁置；
仿佛风吹卷姑娘衣角，
风停下来，衣角复始。

林海茫茫，难以辨出，
灵魂与躯壳有何异殊。
风原是飘飞着的水滴，
景致的水珠是晨之露。

馨香是飞舞着的花儿，
不动的花儿乃是露珠。
白杨的影子仍是白杨，
以为夜至，入眠待曙。

*　　*　　*

躯壳是灵魂栖息宫殿，
七窍掩藏灵魂至升天。

死亡之日是再生吉辰，
灵胎儿不会早生难产。
但是有一群行尸走肉，
生存在人的行列之间；
他们都是异乡之来客，
灵魂非生自城街乡田。
地上多少植物不闻香，
天空乌云多不降雨点！

林海茫茫，没不育者，
也没有异乡客们临莅。
君不见椰枣果的核里，
保存着枣椰树的秘密。

看那圆圆的蜜枣丸儿，
标明着荒芜与可耕地。
不育者这个常见词汇，
本来源于“呆钝”之义。

给我支芦笛，歌唱吧！
歌声是活动着的躯体。
笛声悠扬，萦回不息，
不论乐师容丑或俊逸。

*　　*　　*

死亡是大地之子的终局，
在天上恰是开端与婚礼。
黎明即起者得健康长寿，
终日沉睡者必早失足迹。

生时与泥巴形影不分者，
死时候必抱着黄土咽气。
死亡如同那浩瀚的沧海，
人敢于蹈之则浪平涛息。

林海茫茫，没有伤逝，
而且没有墓地与丧葬。
四月悄悄闪过大地时，
但欢乐并未与之同往。

怕死实在是一种错觉，
常使人感到胆战心慌。
活上一春与活一辈子，
其实本没有什么两样。

给我支芦笛，歌唱吧！

歌声才是永恒的欢欣。
笛声悠扬，萦回不息，
万物泯灭，笛声犹存。

*　　*　　*

给我支芦笛，歌唱吧！
把彼此闲话统统忘掉。
言谈话语不过是尘埃，
有作为向我仔细禀告。

莫非要像我一样生活，
择居林海，弃绝宫殿？
难道你真要和我同行，
沿着溪流，直攀高山？

莫非你想用香精沐浴，
然后用光明擦体揩身？
难道要把晨曦当作酒，
向心上人的杯中满斟？

莫非你真想像我一样，
傍晚时坐在葡萄园中？

一串串葡萄沉甸下垂，
形若金黄色分枝吊灯。

那原是干渴者的甘泉，
那本是饥馑者的食粮。
那就是纯正蜜糖香料，
还是饮者的玉液琼浆？

莫非你要在草铺过夜，
难道你想用星空裹身？
面对来日的冷淡寂寞，
完全忘掉昔日的苦辛？

寂静之夜若茫茫大海，
浪涛在你的耳边作响。
静夜的胸中有一颗心，
跳动在你的卧床一旁。

给我支芦笛，歌唱吧！
忘掉药物，忘掉疾病。
人本是一行行的字迹，
然而确实是用水写成。

期待我的诗有点效用，
或在会场，或在众中。
难道会引起什么争论，
甚至招来抗议或诉讼？

到处都可以见鼹鼠洞，
无处没有蜘蛛结的网。
没有生存欲望的人们，
正迈着缓步走向死亡。

*　　*　　*

假若由我安排日月，
林海定会充满生机。
然而岁月自有其志，
但希望林海表歉意。
想却不能改变现实，
弱者又达不到目的。

诗

我们看到忧愁[1]

我们终生住在谷地，
两侧翻飞着苦难幻影。
我们看到忧愁成群，
就像群群沙鸡飞过我们头顶。

---

[1] 据纪伯伦手稿排印。

亲人死了[1]

我的亲人死了！
而我还活在人间。
我痛悼我的亲人，
从清晨哭到夜晚。

我的亲人死了，
假若死字在我手中，
我决不会，
把自己的生命留给不幸。

我的亲人死了，
谁不解生存意义为何。
那最惨重的灾难，
便是他们的生活。

[1] 据纪伯伦手稿排印。

我放下水桶[1]

我把我的水桶，
和若干水桶放在一起。
我说："快取些水来，
我的好友阿里！"
但我的桶回来了，
却和若干水桶一起，
而我那只水桶里，
只有我的希冀。

---

[1] 据纪伯伦手稿排印。

我[1]

我是春天的花，
夏季里成熟，
秋天里枯萎，
冬季里死亡。

我是人的心，
又是人的部分智商。
我是大自然的声音，
而大自然从不把口张。
宇宙微笑，
乐而露出门齿；
带给人的，
则是部分欢畅。

浩瀚宇宙，
若应我如愿以偿，
定会笑口张开，

---

❶ 原载《使命》1955 年第 8 期，第 21 页。

绽现在我的屏幕上。

宇宙浩瀚，
在红尘世界悲伤；
因为那里使之饱尝，
生活辛酸与疏远凄凉。

你会认定我，
是金箔一张；
如同诗人笔录，
欲把真情实感张扬。

在我的画下[1]

这是一位青年的幻影，
他热爱生活，也不热爱生活；
在这两种情况下，
他都会发出悲鸣。

他若寂静，
一声不吭；
你们对他做爱的祈祷，
他则不安惶恐。

❶ 据纪伯伦手稿排印。此诗见于《纪伯伦的思想世界》一书的注释中和《与纪伯伦在一起》一书中。

苏菲派人士[1]

感赞吾主，
无财无钱，
无友无子，
也没有亲缘。

我们行走在大地上，
如同幻影；
只有目光被幻影遮挡着，
才能看见我们的幻影。

假若我们爱笑，
日子里便充满烦恼。
如果我们哭泣，
我们的欢乐中必有原因。
我们是灵魂，
假若你们对我们说奇怪，
我们会说，
也许你们体躯中有怪胎。

---

[1] 此诗载于《生死纪伯伦》一书注释。

让愿望[1]

记忆本属于明理与高尚者，
让希望沉湎于记忆。
对某种目的憧憬的快慰，
只不过因为他未达目的。
权势为苍穹畏惧之人，
我总是激烈中与之为敌。

[1] 据纪伯伦手稿排印。

致亲爱的朋友[1]

亲爱的朋友，
假若你了解我的内心世界，
你就不会将那谈话，
视为返老还童的誓约。

那是一个梦，
我用我的心将之埋掉；
我把殓衣，
视作青春的外袍。

我没有忘掉好友，
但他却疏远了我；
我只能对孤独忧伤，
感到心满意足。

我远离了世间万物，
孤独一人形影相吊。

---

1 录自《与纪伯伦在一起》第 580 页。

我遮住了人们的眼睛，
不让人见我为灾难困扰。

我常把书报，
作为我的好朋友；
在我看来，
书报才是我最好的朋友。

我常把葡萄美酒，
当作我的墨水。
我把对饮的酒友，
作为书的封面。

我用想象力，
建成了高楼宫殿，
楼殿无比巍巍，
高耸摩云接天。

光与静默[1]

有光而无眼睛，
光亦等同黑暗。
有声而无耳朵，
声亦寂静默然。

[1] 据纪伯伦手稿排印。

古国去矣[1]

多少古国，
遗迹全已消失。
而我的眼睛，
仍将沙漠、星斗遥视。

[1] 据纪伯伦手稿排印。

我的沉默是唱歌[1]

我的沉默是唱歌，
外吐是我的饥饿。
我的干渴中藏水，
我在清醒里醉过。
我在烦恼中结配，
异乡与故人巧会。

我内心坦诚公开，
我外表严遮密昧。

我诉过忧烦多少，
心却为忧伤自豪。
我曾多少次泣哭，
我的口总是张着。

我对友多么期盼，
朋友就在我身边。

---

[1] 录自《珍趣篇》。

我多么希望成事，
事成只在我手间。

漆黑夜幕已摊展，
将论敌送我面前，
与我在梦中争辩，
黎明将梦境收敛。

我手持愿望明镜，
照着看我的躯体；
我发现它是灵魂，
思想将之收缩起。

有人负责修剪我，
还延伸我的空地。
我有死又有住所，
有复活亦现奇迹。

假若我不曾活着，
那么我早已死去。
如果没心神快慰，
坟墓难使我安息。

我开口询问心神：
面对我们的胸怀，
时代能有何作为？
它回答我即时代。

我们化成雾而来[1]

你既已爱上我们，
就不要问我们家住哪里！
我们既没有洞穴，
我们也没有巢窝。

你不必用书信，
询问我们遭遇了什么！
因为我们既写不出名字，
也不能书写出我们的记忆。

我们化为雾而来，
又化作飞云离去。
来时既没有滴水，
去时亦不见水滴。

假若你们想了解，
我们的真情实况，

[1] 据纪伯伦手稿排印。

那就像我们一样死去。

到那时真相大白于天下。

致借书者[1]

借书者呀，
请你听我表示；
我把书借出去，
那是我的羞耻。

在这个世界上，
我认定书是我心所爱；
心爱之物既不外借，
更不能出卖。

---

[1] 原载《与纪伯伦在一起》第 57 页。

掘墓人[1]

在这个世界上，
我被称作掘墓人。
因为在我看来，
死者在黑暗墓中才得欢欣。

在这个世界上，
谁把掘墓人视作宗教，
定会把做防腐香尸，
看作一种无耻背叛。

---

[1] 据纪伯伦手稿排印。

致沉默者[1]

沉默的人哪，
岁月为何不打开你的口，
以便随时随地，
听到你的声音？

[1] 据纪伯伦手稿排印。

假若夜幕将我遮掩[1]

假若夜幕
用它那黑色斗篷将我遮掩，
那就既无星斗挂天，
也没有晨光显现。

假若我的女邻居，
听不到我的哭喊，
即使我死去，
她既不知道，也不会惜悯。

假若困神假装来晚，
望着我的面孔兴叹，
他便会躲开我，
快步走向他的情人家园。

他走进一座房舍，
墙壁像宇宙一样宽。

---

[1] 据纪伯伦手稿排印。

房屋的天花板上，
银河之光闪烁耀眼。

房舍的窗子是记忆，
房舍的门是相见；
门上没有锁，
也没有门扇。

假若我死了[1]

假若我死了，
我还会有意愿吗？

假若我死了，
风中还会夹带着壮志吗？

我发生了变化，
种种思念疏忽了我的心；
我发生了变化，
样样争执远离了我的魂。

假若我死了，
干渴者还会饮上帝佳酿？
假若我死了，
饥饿者还会餐上帝美食？

---

❶ 据纪伯伦手稿排印。

请你们说[1]

假若我死了，
请你们说：他去了故乡！
他是一位异乡人，
心中充满对故乡向往！

今世他是人质，
心雄志壮；
到了天国，
他方才得到解放。

[1] 据纪伯伦手稿排印。

但愿我……[1]

但愿我的岁月，
在一个梦中，
没有光为我们引导，
更没有道路可行。

[1] 据纪伯伦手稿排印。

死就像生[1]

请你留心聆听，
死发出的音声：
死就像命，
一样歌唱、吟咏。

---

[1] 据纪伯伦手稿排印。

霄壤之别[1]

同是对会面的向往，
一种是满怀希望，
另一种则是没有目的，
二者差别如同霄壤。

---

❶ 原载《白日》副刊 1994 年第 96 期。

罗帕[1]

假若我的莱拉[2]许诺，
许诺定会迟迟不实践。
送情人一死，
严厉莫过于一刀两断。

灵魂在她的双唇间，
恰恰是血滴叮咚；
我的心高声喊：
我愿为你骨碎飘零。

假若你问黑夜，
时光会向我跪拜求荣。
在爱情的祭坛上，
情人会听到神圣歌声。

黛唇上的红膏，

---

❶ 原载《白日》副刊 1994 年第 96 期。
❷ 莱拉，传说中的阿拉伯美女。

会把爱情罗帕染红；
只有那样的罗帕，
才能使我心神独钟。

你口里的情话，
就在口的意愿之中。
印在罗帕布丝里的，
有香气和吻痕重重。

你那美丽的眼睛！
多么诱人心动！
心上的丝纱，
恰按你的情思纺成。

我俩是友爱情侣，
今世任我们尽赏美景。
月明风清之夜，
情话绵长动听。

声名[1]

落潮时，我在岸沙上写下一行字，
将我的灵魂与智慧全寄存那里。

*　　*　　*

涨潮时，我回去再去辨认字迹，
发现岸边只留下我的愚不可及。

❶ 原载《珍趣篇》。

日和月的人质[1]

我作为日与月的人质，
沿着山谷蹒跚，
时而清醒满怀希望，
时而懒懒散散。

曙光已经显现，
就像银抽出的丝线，
弯曲盘缠在
那重重山岳上边。

---

[1] 据纪伯伦手稿排印。

我的心如此[1]

我的心如此，
受委托于我的心事。
我的秘密亦如此，
全靠我的秘密显示。

我的清醒如此，
对我的醉态熟知。
我的肢体亦如此，
全靠我的肢体展示。

---

❶ 据纪伯伦手稿排印。

我之所爱系我创造

我所爱的她，
完全是我的创造；
我独自创造了她，
用的是想象的薄雾。

我用我的怜恤，
创造了她的心脏；
我用我的希望，
造就了她的面庞。

她那异样的头发，
本由我的热情造就。
她那嘴上的皱纹，
来自我的亲吻。

如果你们要编织[1]

即使你们为我的白日编猜测，
即使你们为我的夜晚织怨言，
你们也捣不毁我的忍耐堡垒，
更盗不去我杯中的葡萄美酒。
在我的生命中有安全的住宅，
在我的心里面有和平的庙堂。
赴过死神摆设的筵席的人，
绝不怯于品尝睡梦的滋味。

❶ 原载《珍趣篇》。

我原谅了你们[1]

我原谅了你们，
已有七十七次。
莫非你不能原谅一次，
统统忘掉往事？

上帝给你一颗心灵，
理应除却它的面具，
仅仅在早上也好，
哪怕夜来之时戴上。

[1] 据纪伯伦手稿排印。

爱于我心是禁忌[1]

爱于我心是禁忌，
爱情是多么不公！
也许最了解我心的，
莫过于爱情。

当我的双眼，
看到一位美女的俊容，
我便对自己说：
远离一些倒更为安全。

假若我本人，
不是行进在光荣队列中，
我定是爱恋兄弟，
整日沉湎于恋情梦境。

---

❶ 据纪伯伦手稿排印。

钉上十字架

他们把钉子，
钉在我的手掌上，
我的手麻痹瘫痪，
只有我的痛苦才能使之痊愈。

我的心中有歌词，
我不会为它谱曲，
除非那歌词，
与我的鲜血混合在一起。

我拥有青春，
如遇剥夺，它却永在；
如若不然，
它则染上乏力与衰微。

果核总是珍惜外壳，
唯恐被打碎；
如若不然，
果核将失去生机。

请对兄弟们说[1]

兄弟们看见我死了，
他们便泣哭不止，
他们还悼唁我，
一个个痛苦不堪。

请你对他们说：
难道你们认为，
我的死与你们的死一样？
不，那死的不是我。

---

❶ 原载米沙勒·吉布尔·胡里《文学家的生在死中》第 796 页。

心的欢乐

心曾欢乐过，
但苦恼再度出现，
惆怅生出了枝杈，
向着四方伸展。

耳鸣消失之后，
闪电出现在心的面前，
在漆黑夜里，
闪烁在广阔夜空间。

看上去像斗篷边缘，
前面有根基牢固的山峦。
走近看如何显现，
因听到赞美声而未能如愿。

火烧不掉它的肋骨，
水浸湿不了它的眼帘。
能得到它的人，
也就永远没有债务可谈。

路在何方[1]

走向我明天的路，
究竟在何方？

谁又能为我指出，
通往明天的方向？

但期我能在星辰间，
一览我们的神灵之光。
我的昨天被禁锢在夜里，
那夜黑暗而漫长。

仿佛我是一副重担，
压在生命的弯背之上。

---

❶ 据纪伯伦手稿排印，又载于《纪伯伦的思想世界》。

创造辉煌[1]

我们将在昔日废墟上，
创造我们明天的辉煌。

[1] 米哈伊勒·努埃曼在他的《七十自述》一书中的第二部分谈到，当他与纪伯伦及笔会的朋友聚会时，他们一致认为只有喝上威士忌方能尽兴。可是“囊中空空”，威士忌又从何来呢？于是，纪伯伦拿来一块纸箱子板，提笔画上了一个姑娘，手里举着一面大旗，旗上写着这两行诗。纪伯伦举着画着急拍卖，被一霍姆斯青年用一瓶威士忌换去。——原注

让我听一听

米哈伊勒·努埃曼在他的《纪伯伦传》一书中说，我们四个人（纪伯伦、努埃曼、阿里杜和阿卜杜·迈西哈·哈达德）在公路上散步，夕阳西下，林中遍洒晚霞。我们一直在争论，谈话加快了我们的步伐。之后，我们便开始就要猴人的分类进行竞赛。当我们厌恶了这个题目后，沉默了片刻，仿佛处于休战状态。休战时，我忽然想到一句诗，便对诸位朗诵道：

让我们听一听夜的寂静，
权作永恒寂静歌一声。

我刚朗诵完，朋友们便步同韵赋诗。就这样，每个人吟一行，终于拼凑成了下面的数行诗。我将之集于此，不只因为这里有诗的宝库，其自身也是一种历史遗迹，同时为博大家一笑。假若读者问这一行或那一行为何人所作，我只能讲个大概罢了。因此，我把确定各行作者的权利留给读者。现将诗抄于此：

让我们听一听夜的寂静，
权作永恒寂静歌一声。

星辰，请打开我的眼睛，
让我看一看隐藏的路程。

风啊，请你化作飞毯，
带着我飞向高高天宫。

夜风啊，取去我的灵魂，
作为礼物献给夜下惠风。

让我在那里自由徜徉，
于奴隶唯自由是崇敬。

我被俘遭囚禁时间已久，
我的处境值得可怜同情。

我不属于我和宇宙万物，
让他们深陷灾难与贫穷。

我厌恶了他们的谩骂与问候，
我的心厌恶了他们的爱与憎。

我的口舌恐惧我的口舌，
我的心向我揭示了灾情。

我铺着荆棘，睡觉时全身瑟瑟发抖，
我的相信是怀疑，诚恳则罪恶沉重。

我因干热为解闷而饮水，
我因精神饥饿进食方生。

我身穿的是思想灰烬，
播撒它的是愿望之风。

我面临的是激烈的战争，
欲取胜非灵魂被俘牺牲。

心神

心神，
请不要厌恶那真假糊涂人。
只管满怀希望走下去，
只有希望才能使目标接近。

心神，
你使我远离了生活的乐园。
我喜欢你的面容，
我决不放弃这种中意的诚真。

心神，
假若距离会改变爱心，
那么，安排星辰的宇宙规律，
就要失去安定与平稳。

我们沉默，我们说话

我们沉默，
人们说沉默里有缺点；
我们说话，
人们说说话中存缺陷。

我们沉默，
人们说沉默里有阴险；
我们说话，
人们猜想我们在搞欺骗。

往昔

我往昔拥有的那颗心已死去，
曾为人们带来欢快，自己得休息。
我生命中的那个时代已经过去，
那时充满青春活力、诉苦和哭泣。
爱情就像天空中的繁星，
它的光芒必定被晨光掩熄。

爱情的欢乐是留存不久的幻觉，
爱情的美是不会长在的影子。
爱情的山盟海誓是美丽的梦，
健全头脑醒来之时随即消逝。

*　*　*

思念陪伴我熬过多少夜啊，
我望着它以免进入梦境。
钟情的幻影守护着我的床榻，
不住地说："不要靠近！睡觉犯禁！"
病魔在我耳边低声细语道：

“欲交欢者，便不会抱怨疾病。”

那些日子已经成为过去，我的眼哪，
高兴吧，你终于可以迎接睡眠幻影。
心灵啊，你千万可要小心呀，
切莫提及那个时代及其中事情。

*　*　*

当微微晨风吹起的时候，
我欣喜不已情不自禁舞蹈翩跹。
当天上的云朵将雨洒向人间时，
我把雨水当成美酒忙将杯子斟满。
当圆圆的月亮升起在天际之时，
她在我身边，我便喊：“圆月不觉羞惭？”

所有这一切都发生在昨天，
昨天的一切都像雾霭一样消散。
司遗忘之神抹消了我的过去，
一口气松开了友爱的情结谊缘。

*　　*　　*

同胞们，如果苏阿黛姑娘来了，
向青年们打听一位悲伤的钟情汉，
请告诉她，彼此相互疏远的日子，
已经熄灭了我心中的那种火焰。
红红的炭火已经被灰烬遮盖，
淡忘之神已将泪痕擦得净干。

她若发怒，你们千万不要生气，
她若哭泣，你们尽管好言相劝，
她若笑了，你们不要觉得奇怪，
因为这在所有恋人中常见不鲜。

*　　*　　*

但期我能知：过去的能否回来？
已经离去的情人、好友能否复返？
我的灵魂能否睡后醒来？
九月能否领悟春季的歌声？
秋叶的飒飒声能否传到它的耳边？

不！我的心是不会复活的，

不！轿杆儿也不会冷绿颜。
花儿被镰刀刃削过之后，
收割人的手不会再使其复原。

*　　*　　*

我的肉体里的灵魂已经衰老，
除了岁月的幻影什么也看不见。
如今只有依靠耐力的手杖，
我心中的里程才能得到伸延。
雄心壮志已使我腰疼背弯，
而我自己尚未到不惑之年。

那是我的情况。拉结[1]说：
“他怎么啦？”

---

[1] 拉结，希伯来女子，原住亚兰。她是拉班的小女儿，利亚的妹妹，原为雅各的小表妹，后为雅各的第二位妻子。雅各与哥哥以扫不和，离家投奔舅父拉班家。他走到亚兰附近，遇见小表妹拉结正放羊。两人一见钟情，互相亲吻，放声而哭。为了娶拉结为妻，雅各按协议给拉班干了七年活。七年满后，拉班只将大女儿利亚嫁给雅各。经过交涉，雅各答应为拉班再干七年，才娶得拉结为妻。拉结见姐姐生了四个儿子，自己不能生育，为了膝下有子，就让自己的侍女辟拉与雅各同房，生下了两个儿子。后来，拉结也生了两个儿子。一个叫约瑟，一个叫便雅悯。她生便雅悯时难产，儿子生下来了，她却死在了路上。她的遗体就葬在伯利恒的路旁，雅各在她墓前立了一块石碑。

告诉她：“情疯。”

她如果问：“他的病能否痊愈？”

你们就说：“只有死神能祛除他的病。”

小溪这样说

我缓步行走在山谷之中，
晨曦宣告永恒存在秘密。
忽见小溪在干河床上流淌，
只听它边呼边说边唱：

生活并非舒适欢娱，
生活是理想与向往。
死亡并非悲歌哀乐，
死亡是疾病与绝望。
智者并非在于言语，
秘密在言词下隐藏。

伟人并非在于地位，
无视权势方享荣光。
高贵者不在于祖宗，
贤者命丧他人手掌。
戴镣铐者并不卑贱，
镣铐比项链更辉煌。
幸福并不在蜂蜜里，

天堂只在健全心上。
折磨并不在地狱中，
心空虚与地狱等量。
房地产并不是金山，
多少富豪沦落流浪。
贫穷者不是低贱人，
世财无非面饼衣裳。
俊俏绝不在于容貌，
高雅乃心灵的闪光。
完美不属于纯洁者，
也许功在罪中寓藏。

那条小溪说出这些话，
好让左右石头聆听细想。
也许小溪说出这些话，
恰道出了大海秘密的一桩。

心灵

心灵，
假若我无欲追求永恒，
便不去领悟世代唱出的曲子，
而会强行结果我的现在，
让我表征化作坟墓掩藏之秘。

心灵，
假若我未用眼泪浴身，
或没用疾病魔影点眼，
我便会盲目地生活，
映入眼帘的都是胜利，
而看到的只有黑暗容面。

心灵，
生活只是如时而降的长夜，
每每以持久的黎明告终。
在我心中的干渴里，
醴泉存在确有实证，
死神水罐亦有慈主善公。

心灵，
如果愚昧无知者说：
“灵魂似肉体，一去不复归。”
请你对他讲：
“百花均凋谢，种子将留存。
此乃永恒质地。”

被遮掩的国度

看，东方已经透出黎明，
起来吧，让我们离开家园，
因为这里没有我们的亲朋。
花儿既不同于玫瑰，
又不同于秋牡丹、白头翁，
哪里还能期盼成长、繁荣？
满包心事的心哪，
怎可与一怀陈迹之心共融？
听啊，晨光在高声呼唤，
让我们赶快跟迹追踪。
我们受够了黑夜的折磨，
它还竟以曙光先兆自命！

*　　*　　*

我们长久居住在底谷里，
两侧弥漫着愁苦的阴影。
只见绝望魔怪成群盘飞，
遮着谷腰就像鹫隼、猫头鹰。

我们喝着致病的溪水，
吃着含毒的葡萄又酸又生。
我们以忍耐当衣，衣却起火，
我们只得以灰烬遮身护胸。
我们以忍耐当作枕头，
刚刚躺下，枕却化为棘荆。

* * *

自古被遮挡的国度啊，
我们怎样寻你，沿哪条路前行？
难道有荒原、高山阻隔，
谁又能够做向导引路登程？
你是人们心中不可实现的愿望，
还是人们眼前的海市蜃景？
莫非你是蹒跚在人们心灵的梦，
醒来之时梦境便消逝一空？
难道你是飘浮在夕阳下的彩霞，
旋即沉没在黑暗海洋之中？

* * *

思想的国度呀，

崇拜真理和纯美的摇篮，
无论驾车乘船，还是骑马坐驼，
我们都无法寻到你的身影。
你不在天南，不在地北，
你不在西，也不在东；
你不在天上，不在海里，
你不在平原，也不在崎岖山径。
你是人们灵魂里的光与火，
你是我的心脏，跳动在我胸中。

老年人的烦恼

爱情的时代啊，青春已逝，
华年就像淡影悄然消失。
过去酷似字迹被从书中抹掉，
而那字迹由幻想写在湿旧羊皮纸。
我们的岁月变成了折磨人的绳索，
纵有欢乐也少得可怜至极。
我们衷心热恋的已绝望离开，
我们梦寐以求的已遭厌弃。
我们昨天痛惜的已成过去，
仿佛夜里的梦晨至即止。

爱情的时代啊，希望心灵永恒，
难道无须记住履行誓言？
君可见小憩抹去唇上的吻痕，
而玫瑰色面颊对唇早已厌烦？
君可见厌恶之情正接近我们，
使我们忘记交欢醉意与推却思恋？
耳朵本能领悟黑暗呻吟与静寂歌唱，
莫非死神能使之失去灵验？

眼睛本能看到坟墓中隐藏的秘密，
难道坟墓能够盖上双目的眼帘？

*　　*　　*

掌酒人手中的杯盏像火炬一样闪光，
我们何止喝过万盏千杯！
歌唱者的唇间集聚了温柔的歌，
我们曾经从中领略过多少意味！
我们曾经欣咏过多少诗篇！
就连天上繁星也听到了心灵声微。
那过去的日子就像繁花，
随着雪片从冬翁之胸纷纷落坠。
世代之手精心玉成的一切，
旋即被蛮横之掌偷偷劫毁。

*　　*　　*

假若我们早已觉醒，
绝不会让一夜在困倦与睡眠间空过；
假若我们早已觉醒，
绝不会让一时在空虚和失眠间徘徊；
假若我们早已觉醒，

绝不会让一刻爱情时光白白走失。
我们现在已经明白，
可惜怒神已喊：“起来，快走！”
我们已经听见并且记得，
坟墓在高声呼唤：“来呀，请进！”

我的心，凭主起誓

凭主起誓，我的心，
掩藏住你的所爱；
对以为你有图谋之人，
你千万不要诉说什么！
泄密之人，如同傻瓜。
沉默保密，尤适爱者。

凭主起誓，我的心，
如若有人向你探问：
“何事使你感到烦恼？”
你千万不要回答什么！
若有人说：“所爱何在？”
“新恋非我！”佯装快活。

凭主起誓，我的心，
掩盖住你的悲伤；
须知令你疲惫不堪的，
正好能使你恢复健康。
爱在灵魂，如酒在杯；

看去似水，内藏灵犀。

凭主起誓，我的心哪，
掩饰住你的苦辛。
即使海啸天塌，
你仍会安然无恙。

夜之歌

夜深沉，多么寂静，
夜下藏着几多梦。
圆月行，睁大眼睛，
着意探寻白日芳踪。

*　　*　　*

农家姑娘跟我来，
同访情人葡萄园。
葡萄汁多么新鲜，
借之浇灭思恋火焰。

*　　*　　*

田野里侧耳聆听，
夜莺歌儿唱不停。
丘山冈吹起惠风，
轻扬直上飞入天空。

*　　*　　*

你别怕我的姑娘，
繁星善封锁消息。
葡萄园里夜雾浓，
严严实实遮掩秘密。

*　　*　　*

姑娘啊，切莫害怕，
妖魔新娘居山洞；
躺卧中昏醉不醒，
几乎瞒过仙女眼睛。

*　　*　　*

妖魔王若经这里，
恋情依依不肯离；
他像我也是恋人，
怎肯吐露憔悴谜底！

大海

寂静夜里，
当人的苏醒蜷曲在幕帘后时，
森林喊道：
“我是力量，太阳使我从地心生出。”
然而大海默不作声，
暗自心想：“力量属于我。”
岩石说道：
“时代把我建成通往清算日的路标。”
然而大海一声不吭，
暗自心想：“路标属于我。”
风神说道：
“我多神奇，能将云与天分离开来。”
然而大海一声不响，
暗自心想：“风神属于我。”
大河说道：
“我多甘甜，能使干渴土地饱饮。”
然而大海沉静无声，
暗自心想：“大河属于我。”
大山说道：

“我挺立着，似星斗直立苍穹中。”
然而大海依旧平静，
暗自心想：“大山属于我。”
思想说道：
“我是国王，世上除我再无君主。”
然而大海沉睡不动，
梦中说道：“一切属于我。”

鹪鸟

鹪鸟啊，尽情歌唱吧！
歌声本是存在的秘密。
但愿我像你一样自由，
脱离樊笼无拘无束。

*　　*　　*

但愿我像你一样精神抖擞，
在山谷上空翻飞翱翔；
借浩莽苍穹作杯盏，
痛饮光明酿成的琼浆。

*　　*　　*

但愿我像你一样圣洁，
像你那样心满意足喜气洋洋；
从容以待即将到来的一切，
对已经过去的不思不想。

*　　*　　*

但愿我像你一样美丽高雅，
像你一样容光焕发。
愿微风舒展我的上翅，
以便用露珠为之润色添华。

*　　*　　*

但愿我像你一样神思豪放，
自由遨游在高原之上。
让我放声纵情欢歌，
令歌声在森林与云之间飞扬。

*　　*　　*

鴕鸟啊，尽情歌唱吧！
替我驱除心底的惆怅。
你的歌声中别有余音，
音音声声均入我的耳房。

雄狮般巨人

黑夜里雄狮般巨人步履缓慢，
就像黑夜那样吓人惊魂。
他孤独无双地走啊走啊，
仿佛大地只造就了他这位主君。

*　　*　　*

他踏起地上的尘土飞扬，
就像云端擦着废墟掠过。
仿佛他那巨大躯体，
用光、云和雾制成的衣裳裹着。

*　　*　　*

我问：“阻碍黑夜行进的幻影，
你究竟是人，还是妖精？”
他怒而答道：“我是天命的影子！”
声调里带着几分蔑视与嘲讽。

*　*　*

我说："幻影啊，天命已经死去，
早在产婆伸臂抱起我那一刹那。"
他惶惶然道："我就是爱情，
想得到生活须先得到它。"

*　*　*

我说："不是的，而爱情是鲜花；
春花凋零之后，它再无希望活着。"
他大怒道："我是恐怖死神！"
语气里饱含大海的喧嚣。

*　*　*

我说："不！死神乃是黎明，
来时将睡梦中的人唤醒。"
他傲然说道："我就是光荣，
谁得不到我会死在病中。"

*　　*　　*

我说："不！死神乃是阴影，
在坟墓与殓衣之间蜷曲消散。"
他疑惑地说："我就是秘密，
蹒跚在灵魂与肉体之间。"

*　　*　　*

我说："不！秘密被觉醒思想泄露，
它就像梦境一样去而无返。"
他不耐烦了："问问我是谁足够了！"
我说："难道多问也要受到责怨？"

*　　*　　*

他掩饰地说："我就是你；
我的事，你既不要问天也不用问地！
你如果真想了解我，
一早一晚照照镜子足矣。"

*　　*　　*

说罢他就像烟雾被风吹散，
顿时消失在我的眼前，
留给我道不尽的遐思，
从深夜一直想到晨光灿烂。

我的心[1]

凭主起誓，我的心，
你要伴陪着你的爱情，
还要好好隐藏住，
比对造物主的抱怨音声。

*　　*　　*

保守秘密，
本是情人们的保证；
秘密一旦泄露，
想念之情也便告终。

[1] 据纪伯伦手稿排印。

我是独醒人[1]

当我礼拜祈祷的时候，
我的口里就有比祷词更美之快乐。
假若我要净化自己的心灵，
我血里的祭品便是至甜天课。

没有灵犀的人，
只能在我的话里见到愚昧和幻魔；
他就像沉睡山谷里的梦，
只有我是群山中的独醒者。

[1] 据纪伯伦手稿排印。

致与我为敌者[1]

与我们为敌的人，
我们的罪过只不过是夜梦。
这是烈酒，无杯可盛，
怎可让责怨者饮用？
那是大海，涨潮使我们默不作声，
落潮应留在我们的笔墨之中。

你们总是恋恋不舍昔日，
我们向往晨光未显的来时。
你们沉醉在回忆及其幻象里，
我们追求希望的蜃楼海市。
你们步履不离大地处处，
我们遨游天宇伴月移星驰。

听凭你们责怨、谩骂、诅咒、讥讽，

---

[1] 原载《珍趣篇》。

听凭你们向我们的岁月诉讼猛攻，
任你们施暴、倾轧、石击、十字架上钉，
我们的精神有不可欺辱的本能。

我们是从不倒转的星斗，
不论在光明里还是黑暗中。
若把我们看作天宇的缺口，
我们无法用话语弥封。

他们是我的民众[1]

西方之女，
他们是我的民众；
你不会不晓得，
我是一位高贵百姓。

假若你已看到，
他们脸上蒙着悲苦面罩，
你应知道，
灵魂能够遮盖着微笑。

他们是我的民众，
跟随你走遍南北东西。
生者属于隐蔽的思想，
死者因为受了你的打击。

[1] 据纪伯伦手稿排印。

民歌

新娘，请报佳音[1]

新娘，请报佳音！
你是地域的装饰壮锦。
你是东方的日出，
你的羚羊牧草丰润。

你是会唱歌的夜莺，
你是盛开的玫瑰花魂。
在你的土地上令人欣喜，
快步走向黎巴嫩。

你的源泉丰富，
你的水流欢腾飞奔。
你的芳名四方播撒，
纪伯伦·哈利勒·纪伯伦。

---

❶ 原载利亚德·哈尼《纪伯伦的另一面》第 18 页，贝鲁特：白日出版社 1981 年版。

哈利勒·纪伯伦[1]

哈利勒·纪伯伦
抛弃了无益虚荣，
使得店铺均陶醉，
又及平民的孩童。

我母是位完美人，
高声呼喊低沉吟；
被愚弄者快返回！
你的影像何方飞？

哈利勒，当赞颂，
堂兄堂弟俱荣幸。
不毛之地步步升，
谁也不记个中情。

只因枷锁太牢固，
他的安全受威吓。

[1] 原载《与纪伯伦在一起》第 32~33 页。

我唤一声辛纳夫，
请把桎梏加给我。

优素福·白什尔，
没有一文揣腰里。
拜迪哈明说话：
一点消息未传递。

艾斯阿德·奥马尔，
牵来了一头毛驴；
只因诱惑有危险，
他们告别急跑去。

加席姆·莱希德，
站在远处高声唱：
喂，勇敢的大英雄，
这消息意味着什么？

侯赛因开口说道：
我心里多么欣喜！
只因你投出一石，
打下了两只鸟儿。

艾卜·贾瓦德说：
他们裁判很公正。
狼吞虎咽势不减，
爆发只待时到来。

哈姆德话好听，
愚昧难以掩天性。
人们竖起刺桩子，
责备符合个中情。

大学者舍迪德，
不禁开口把话说。
他常常高声喊，
曾见房舍坍塌过。

泽勒菲民歌[1]

我登上山头儿，

觅寻我的鸟儿。

母亲呀，我的鸟儿，

却在别人的笼子里。

我发出唤鸟声音，

我说："鸟儿，假若……"

鸟儿说："你的时辰错过，

请去寻觅别的鸟儿！"

*　*　*

他们说："你的情人在发烧，

明天，他就要死去。"

我立即到了木料市，

想订一口棺木。

他醉于金钱，

市场上钥匙是宝石，

---

❶ 原载伽萨尼《民歌》第107～109页。

我觉得这王国的事有些稀奇，
两人怎可能睡在一口棺材里。

*　　*　　*

他穿着发丝衣衫，
黑而亮看着漂亮。
但却刺痛了体躯，
帅哥无人同情体谅。
修道院长无灵魂，
说话必在密室里藏。
我的视力怪中怪，
眼见你们修道院凄凉。

*　　*　　*

谁人能够没有爱?
谁人能够没有情?
谁人能够空走世上，
心中没有主的身影?
请看果园里的石榴，
那正是爱情的范例;
就连天上的星斗，

也在相互眨眼传情。

*　*　*

心啊，我的朝圣者在哭；
心啊，让他们欢乐一下！
心神啊，他们让你欢欣，
你也要让他们快乐！
心哪，假若你有意愿，
就请你让他们欢喜。
他们定能用他们的目光，
点燃我心中的慷慨之火。

*　*　*

你是盘中的玫瑰，
我是润育你的晨露。
你是麦勒斯衬衫，
我是钟情于你的爱神。
你是金牛宫的七星，
我是驾驭你的天秤座。
你是天上的月亮，
我是捧你的众星。

* * *

我登上山头，
俯视山下的谷地。
我要说欢迎欢迎，
请微风吹拂我的国土！
主啊，河水在流动，
淹没了整个山谷。
我用我的腕子当桥，
好让你沿桥过海洋。

* * *

母亲，请把丝绸铺上，
用玫瑰花把我盖起来。
我是爱的牺牲品，
爱火将我彻底征服。
假若我死在你们那里，
看主面上，请呼唤我。
带走那些烟花女，
你自己哭泣号丧吧！

*　*　*

母亲，我的情人已走，
但期他带回好消息。
本是我们之间的秘密，
如今已为大家知。
如果我手里没有纸，
我将在鸟翅上书写。
如果我手下没有墨水，
我将用我的血写字。

*　*　*

登上山顶的人呀，
请你伸手递给我水喝。
假若我感到口渴，
我决无意效法你。
主啊，微风吹过时，
会把你的吻痕扫去。
面容已展示在你面前，
还请你用双眼细看。

诗与诗人

诗人是画师[1]

诗人是画师，用他情感的颜色描绘他周围的影像，用言词记录由他的国家心腹里升腾而起的欢曲、痛吟及希望与失望、绝望之歌。

诗人同时又是一面镜子，可以反射出人们心中的暗藏愿望和被伏在神胸里的遥远距离。

诗人也是绝对灵魂手中的六弦琴，在静夜之中弹奏出动人的乐曲，波涌起伏在天堂至高处与地狱最深渊之间。

---

❶ 原载吉尔基斯·陶格《先知书中的文学家纪伯伦》第83页，北京：东方出版社。手稿保存在纪伯伦纪念馆，第一次发表在诗人安东尼·马立克·陶格的论文《纪伯伦的社会批评》中，黎巴嫩大学教育学院，1974年。

诗人的死是生[1]

夜幕笼罩城市上空，冰雪为城市穿上冬装，严寒迫使人们退出市场，躲藏在自己的安乐巢窝里。狂风在房舍之间呼啸悲叹，就像吊丧者站在大理石墓间哀悼死神的猎物。

在城边上，有一座简陋茅舍，柱斜梁倾，在厚厚的冰雪重压下，行将坍塌。小屋的一角，放着一张破床，床上躺着一个奄奄一息、行将就木之人。他望着那微弱的灯光，那灯头似在竭尽全力挣扎，试图征服黑暗，但终于被黑暗压倒。那还是一个正值青春妙龄的少年郎，却知道自己大限即至，就要永远地摆脱生活桎梏，等待着死神降临。他那蜡黄色的脸上闪烁着求生渴望之光，而双唇上溢出的仍是凄楚的微笑。那是一位诗人：来到世上，以纯美言词给人送去欢乐为本；如今，就要饿死在这富贵活人城中了。那是一个高尚的灵魂：蒙主之恩而降生，以便使生活变得更甜美；如今，人类还未报之以微笑，它就要告别我们这个世界了。他已进入人生的弥留之际，行将断气，身旁只有油灯一盏，那是他孤独寂寞之中的伙伴；还有一页页诗稿，满载着他那颗高尚灵魂的梦幻。

那位生命垂危的青年，竭尽余力，把双手举向空中，睁开疲倦的眼皮，仿佛想用最后一丝目光穿透那破烂茅舍的屋顶，去看隐藏在乌

---

[1] 选自《泪与笑》。

云之后的繁星，然后说：

“美丽的死神，你来吧！我的神魂想念你呀！走近我，解去我身上的物质枷锁吧！因为我拖着它已感疲惫不堪。来吧，美妙的死神，快把我从人群中解救出来吧！只因我把从天使那里听来的话翻译成了人的语言，他们便视我是异己分子。快朝我走来吧！人已经抛弃了我，把我丢入被遗忘的角落，只因为我不像人一样贪图钱财，也不使用不如我的人。甜美的死神，快到我这里来，带我走吧！我的同胞们已不需要我。让我投入你那充满爱的怀抱吧！求你吻吻我的双唇。我这双唇既未尝过母亲亲吻的滋味，也没有接触过姐妹的前额，更未亲过意中情人的嘴。亲爱的死神，快来拥抱我吧！”

这时，诗人的病榻旁边突然闪出一位女子的身影，其美远非凡人所具有，只见她身穿雪白晶莹的衣裙，手持采自天国的百合花环。她走近诗人，热情拥抱他，伸手合上他的眼帘，以便让他借灵魂的目光看着她。她吻了吻他的双唇，那充满深爱的一吻让诗人双唇留下了心满意足的微笑。

刹那间，茅屋变得空余尘土，只有一些诗稿散落在黑暗角落。

岁月不居，时节如流，数世代飞闪而过。那座城中的居民一直沉湎于昏睡之中。当他们苏醒过来，眼睛看到知识的曙光时，他们在公共广场的中心为那位诗人建造了一座巨大塑像，并为他确定了每年的纪念日……啊，人是多么愚昧！

诗人❶

他是连接今日世界与未来世界的一环。他是供干渴心灵饱饮的甘泉。他是植于美河之畔的树，结出的成熟果子供饥饿的心餐食；他是夜莺，跳动在话语的枝条上，唱出的歌使人们周身充满文雅、温柔；他是白云，生于曙光线上，继而扩展上升，充满整个天空，然后降下甘露，供生命田野之花饱饮。他是神差的天使，教人们理会神性；他是灿烂灯光，黑暗压不倒，升斗难掩藏，爱神阿施塔特❷为之添油，乐神阿波罗将之点燃。

他单身一人，穿朴拙，食斯文，坐在大自然的怀抱中，一心学习创造；夜深人静之时不眠，等待灵感降临。他是一位农夫，将心的种子播撒在情感的园地，丰收的庄稼供人类收割、食用。

这就是诗人！诗人在世时不为人知；而在他辞别这个世界、返回天国之时，人们才晓得他的价值。这诗人只要求人类报之微微一笑；这诗人气息升腾，使整个天空充满活生生的美丽幻影，而人们却不肯给他一片面包，更不肯给他一个栖身之地。

众人啊众人，世界啊世界，何日何月，你们才能用荣誉为那些以鲜血灌溉大地的人建起住宅呢？众人啊众人，世界啊世界，何月何

---

❶ 选自《泪与笑》。

❷ 阿施塔特，古代闪族腓尼基人所信奉的女神，司掌繁殖与爱情，以貌美而闻名。

年，你们才能放弃对那些牺牲自己的华年为你们带来平安、舒适的人以冷眼相看呢？你们崇尚杀戮、敬重那些为人们戴上奴役枷锁的人，却佯装忘记那些人：他们用光明驱逐黑暗，以便教你们如何观赏白日的光华；他们毕生挣扎在不幸魔爪中，以便让你们享受幸福甘甜。你们这样不识真伪还会继续到何日何月何年？诗人啊，生命的生命啊，你们不顾岁月严酷，征服了岁月；你们不畏虚假芒刺，赢得了桂冠；你们占据了人们的心，这占据无始无终。

啊，诗人们！

诗人之声[1]

一

力量能够把种子播在我的心田，我来收割，集起谷穗，将之一捆一抱地送给饥馑者。

灵魂使这微小的葡萄树成活，我则把它结出的葡萄榨成汁，送给干渴的人喝。苍天给这盏灯添满了油，我则将之点上，放在我家窗口，为夜下行人把路照亮。我之所以做这些事情，是因为我依靠此而活着。假若白昼禁止我的行动，黑夜又将我的双手捆起，我则求一死。因为死最适合于一个被其民族抛弃的先知和在乡亲中被视为异乡人的诗人。

人们像暴风一样喧嚣，我则静静地叹息。因为我发现暴风的怒吼会消失，会被世代的汪洋大海吞噬，而叹息则与上帝一起永存。

人们贪恋冰雪一样寒冷的物质，我则追求爱的火焰，将之抱在怀里，让其吞食我的肋骨，销蚀我的五脏六腑。因为我熟知物质能使人毫无痛苦地死去，而爱情则用痛苦使人复活。

人类分种族、群体，分属国家、地域。我视自我在某一地区为异乡人，独立于任何一个民族。整个地球都是我的祖国，所有人类

---

[1] 选自《泪与笑》。

家庭都是我的亲戚。因为我发现人已十分弱小，还要自我分割，岂不是自视卑贱！地球本来就很狭窄，还要分成若干王国，岂不是过分愚昧！

人类竞相捣毁灵魂殿堂，合力建造肉体学院，我却独自站在痛惜的立场上。但是，我留心聆听，听到我的内心里有一种希望声音在说："就像爱情用痛苦使人复活那样，愚昧能教人认识知识之路。痛苦和愚昧能化为巨大快乐和完整知识。因为永恒的智慧在太阳上没有创造任何虚假东西。"

二

我思恋我的祖国，因为她美丽无比；我热爱我的国民，因为他们无比不幸。但是，如果我的民族在被他们称为"爱国主义"的策动下，起来向邻国发动进攻，掠夺人家的财产，残杀他们的男子，使儿童变为孤儿，令女子变成寡妇，使土地饮其男儿的血，令野兽食其青年的肉，那时，我便会厌恶我的祖国和国民。

我赞美我的故乡，我思念我在那里成长起来的国家。但是，如果有路人经过那里，要求在那家园投宿，向乡亲们要口面饼，竟会遭到拒绝，并被驱赶而去，那么，我的赞美就将为哀叹所代替，我的思念也将被遗忘淹没，我会自言自语："连一块面饼都舍不得给饥馑者，连一张床都不肯给投宿者的家园，应该就地捣毁，夷为废墟！"

我爱故乡，更爱祖国，尤爱祖国的大地。我全身心热爱大地，因为大地是人性的摇篮，而人性则是大地上的神性灵魂。神圣的人性正是大地上的神性灵魂。那人性站在废墟之间，赤条条的身上只盖着破布片，凹陷的两腮挂着热泪，高声呼唤着自己的儿女们，使整个广宇充满了呻吟声和哭叫声，而她的儿女们根本不去理她的喊声，只顾唱着宗派主义的歌，更无视她的簌簌泪流，只顾磨自己的利剑。那人性独自坐着，向民众大声求救，而民众听不见。假如有人能听到她的喊声，定会回应，继而走近她，为她擦拭眼泪，安慰她惨遭不幸。这时，民众会说："不要管她！眼泪只能打动弱者。"

人性是大地上的神性灵魂。那神性行走在各国之间，畅谈博爱，指出人生之路，而人们却嘲弄神性的言论和教诲。往昔，在那里虽然耶稣听了神性，人们却把他钉在十字架上；苏格拉底听了神性，人们让他服毒杀身；如今，许多人听了神性，而且当着众人大谈耶稣、苏格拉底和神性，人们再没有能力杀死他们，但却讥笑他们说："讥笑比杀人更厉害、更苦涩。"

耶路撒冷未能杀死耶稣，耶稣活到永远；雅典未能处死苏格拉底，苏格拉底得到永生。

讥笑也不能征服听从人性呼唤、紧跟神性脚步的人们，他们也将活到永远，得到永生。

三

你是我的兄弟；我俩都是至尊圣灵之子。你像我一样，因为我俩同是肉体的囚徒，而上帝铸造两个肉体时用的是同一块泥。你是我生活道理上的伙伴，正是你帮助我认识隐藏在乌云之后的真理的本体。

你是人，我的兄弟，我爱你！你可以随意对我加以评说。因为明天将为你做裁判，你的话语将在公正裁决面前成为明显而确凿的证据。

你可以随意从我这里拿东西。因为我所占据的钱财，其中一部分属于你；我所占有的房地产，是我为我的贪心占有的，你可以享用其中一部分，如果一部分能让你满意。你可以随意处置我。但是，你却没有能力触犯我的真理。你可以放我的血，焚烧我的肉体，但你不能使我的心灵痛苦，更不能使之死去。你只管给我的手脚戴上镣铐，将我下到黑暗的牢狱，但你不能俘虏我的思想，因为它自由得像微风，徜徉、遨游在无边无沿的天宇。

你是我的兄弟，我爱你。你在你的清真寺里做礼拜，我爱你；你在你的庙堂里顶礼膜拜，我爱你；你在你的教堂里做祈祷，我爱你。你和我本是一种宗教之子，那宗教便是灵魂。这种宗教各分支的领袖都是指向心灵完美的神性之手上相互连在一起的手指。

我爱你，爱你那源自一般智力的真理。那真理，我现在看不见它，因为我盲目；但我认为它是神圣的，因为它是心灵的作品。那真理将与我的真理在未来的世界里相遇，像花的气息一样相互结合在一起，变成一个完整永恒真理，与爱与美一道永存长在。

我爱你，因为我见你在暴虐强者面前那样软弱；我爱你，因为我见你在贪婪的富豪门前那样穷困。因此，我为你哭泣落泪。我透过眼泪，看见你在公正的怀抱中，公正在向着你微笑，蔑视压迫你的那些人……你是我的兄弟，我爱你。

四

你是我的兄弟，我爱你。既然如此，你为什么与我为敌？

你为什么来到我的国家，试图说服我讨好那些教长？君不见，那些教长用你的话语求取荣光，借你的辛苦获得欢乐。你为什么丢下你的妻儿，去到遥远的地方，为将军们送死？

君不见，那些将军们想用你的鲜血买高官，借你母亲的悲痛换取尊荣。难道说一个人杀自己的兄弟能算高尚？如果是那样，我们就为该隐[1]树雕像，为亚那[2]唱颂歌。

喂，我的兄弟，他们说："维护自我是大自然的根本法则。"但是，我认为野心家的特点在于：首先使你甘心牺牲自我，以便达到制服你的兄弟们的目的。他们说："要想生存，必须侵犯他人权利。"我则说："维护他们的权利，那才是人类至尊至美行为。"我还要说："假若我的存在必须使他人死亡，那么，死亡对我来说最甜最美。假如没有人让我体面、光彩、清白地死去，我会亲手把自己提前送往永恒世界。"

我的兄弟呀，自私自利会导致盲目竞争，竞争会产生沙文主义，沙文主义会生出专利。所有这些都是争执和奴役生成的原因。心灵

---

[1] 该隐，《圣经》中的人物。人类始祖亚当和夏娃的长子，以种田为生。他和弟弟亚伯用各自的物产向上帝献祭，上帝悦纳了弟弟的供物，而未看中他的供物。他出于嫉妒，将弟弟杀害。上帝惩罚他，将他流放到挪得。

[2] 亚那，《圣经》中的人物。犹太大祭司，该亚法的岳父。该亚法后来当上了大祭司，成为杀害耶稣的元凶。据传，耶稣被出卖后，首先被带到亚那那里。

主张智慧和正义压倒愚昧和邪恶，而坚决反对那种拿金属锻造长矛、利剑，用武力推行愚昧和邪恶的权势。正是那种权势毁坏了巴比伦，毁坏了耶路撒冷的支柱，摧毁了罗马的建筑。正是那种权势造就了刽子手、杀人犯，而人们却把他们描述为“伟人”，作家依然在宣扬他们的名字，书籍也把他们的战斗记录、保存下来；与此同时，当他们用鲜血染红地面时，大地也不得不把他们背在自己的背上……兄弟呀，究竟是什么东西使你迷恋于欺骗你的东西、依附于危害你的人呢？真正的权势是维护公正普遍自然法则的智慧。假若一种权势能够处决杀人犯，将盗贼打入监牢，自己却又去进攻邻国，乱杀成千无辜，掠夺上万财富，那么，这种权势的正义何在呢？对那些让杀人犯去惩处杀人者，让盗贼去处罚小偷的宗派主义者，又该作何评论呢？

你是我的兄弟，我爱你。爱是最高形式的正义。假若我对你的爱在各方面有失公正，那么，我就是穿着爱的漂亮外衣，以掩饰自私自利丑陋面目的诈骗犯。

诗人[1]

在这个世界上，我是个异乡人。

我是个异乡人。远离故土，孤独寂寞，痛苦难耐，即使我永远思念我不认识的神秘故乡，使我的梦境里出现了我望不到的遥远故土的影子。

我远离了亲人、朋友。假如遇到一位乡亲，我定会自问：这是何人？我如何与他相识？什么缘分使我与之相逢？我为什么与他接近，和他坐在一起？

我不熟悉自己的灵魂。我听到自己的嘴在说话，我的耳朵对自己的声音感到惊讶。也许我会看到自己的内心在欢笑、哭泣、惊悸，于是，我的天性孤芳自赏，我的灵魂自问自答。但是，我一直默默无声，云雾裹身，沉寂缠心。

我对自己的躯体感到陌生。我站在镜子前，从我的外表上发现了我心中未曾感觉过的东西，从我的眼神里看到了我的灵魂深处不曾隐藏过的秘密。

我漫步在城市的大街上，一伙青年跟在我的背后喊叫："这是个瞎子。给他一根棍子，供他探路行走！"我急忙躲开他们。我又遇到一群姑娘，她们扯住我的衣角，说："他聋得像块石头。让我

---

[1] 选自《暴风集》。

们对着他的耳朵，唱首青春情歌！”我立即离开她们。我又碰上几个壮年人，他们站在我的周围，说：“他是个哑巴，活像一座坟墓。来呀，让我们把他的弯舌弄直！”我甩开他们，慌忙逃去。此后，我见到几位老年人，他们用颤抖的手指着我，说：“他是个疯子，盛怒之时失去了理智。”

在这个世界上，我是个异乡人。

我是个异乡人。我游历过大地的东方和西方，没有找到自己的故乡，也没有碰到认识我的人，更没有人听我诉说衷肠。

清晨，当我醒来之时，发现自己被囚禁在漆黑的洞穴里，但见毒蛇倒悬穴顶，地上爬满蚁虫。我走出洞穴，去见阳光，只有我的影子跟随着我，思想却欲远去，不知奔向何方。夜幕垂降，我回到洞穴，躺在用鸵鸟羽毛和骆驼刺树枝铺成的床上，不禁种种奇思异想缠住我的心头，苦甜悲喜，百感交集。夜半时分，无数昔日魔影与众多民族亡灵，一同冲出岩缝，突然出现在我的眼前。我望望他们，他们也望望我；我征询似的与他们谈话，他们微笑着回答。我有心拉住他们，却见他们顷刻化为一缕青烟，转瞬踪影不见。

在这个世界上，我是个异乡人。

我是个异乡人。在这个世界上，没有一个人听得懂我心灵的语言。

我漫步在空旷的原野上，看见溪水从山谷深处涌出，直上崇山之巅。我看到光秃的树木，转眼换上绿装，继而开花，结果，落叶，枝条落到谷底，一眨眼变成一条条抖动的毒蛇。我看到鸟儿展翅飞翔，时高时低，阵歌阵啼；转眼间，群鸟落地，变成裸女，个个披头散发，人人脖颈长美，目光含情脉脉，双唇微开笑溢；她们向我伸出手来，那手细嫩洁白，芳香阵阵扑鼻；刹那之间，裸女隐去，如云似雾，却听到天空中回荡着嘲弄我的笑声。

在这个世界上，我是个异乡人。

我是一个诗人。我用生命写的散文作诗，借生命作的诗写散文。我是个异乡人。我将永远是个异乡人，直至天年竭尽，叶落归根。

四诗人[1]

四位诗人坐在餐桌旁，桌上放着一杯醇酒。

第一位诗人说：

“我看到酒香腾空，宛如林中群鸟盘旋。”

第二位诗人抬起头来，说：

“我亲耳听到鸟儿鸣啭，歌声充满我的心间，林中蜜蜂、鹫隼翩跹起舞。”

第三位诗人闭上眼睛，举起胳膊，说：

“我差点儿亲手捉住鸟儿，只觉鸟翅轻扇，微风拂面，恰似春睡海棠，呼吸甜润柔缓。”

第四位诗人站起来，双手捧杯，说：

“兄弟们，请原谅，兄弟我目光短浅，听觉迟钝，触觉麻木，既看不到鸟群，也感觉不出鸟翅扇动，可惜呀！除了酒，我什么也感触不到。因此，我应当饮下这杯酒，以此唤醒我的迟钝感官，借诸位灵感之火，点燃我的精神之薪。”

话毕，他举起酒杯，一饮而尽。

三个伙伴惊愕、贪馋地望着他，眼里燃烧着扑不灭的干渴之火，闪烁着难以平息的怨恨之光。

---

[1] 选自《先行者》。

学者与诗人[1]

蛇对金翅雀说："喂，金翅雀，你飞得多好看哪！不过，假若你能在地下洞穴之中潜行，那该多好；那里，生命的浆汁在寂静中微微颤动！"

金翅雀答道："一点儿不错！你不仅博学多才，简直是至聪至慧者。不过……假若你会飞翔，那该多好！"

蛇好像没听到什么，而是说："金翅雀你真可怜！你不能像我那样看到大地深处的秘密，不能漫游地下王国宝库，看看那里珍藏的财宝。我则和你不同，我昨天还栖身于一个红宝石洞中，那里酷似一颗成熟的石榴心，最弱的光线也能将它映成晶莹透明的玫瑰花。除了我，谁能看到这样的奇景呢？"

金翅雀说："大学者，你判断得很对。除了你，谁也不能躺在往事记忆和古代遗迹凝结成的床上安睡。但是，很遗憾，你不会唱歌！"

蛇说："我知道有一种植物，根插大地之腹；谁吃了它的根，谁就会变得比阿施塔特还美。"

金翅雀说："除了你，谁也摘不下大地神奇思想的面具。不过，很可惜，你不会飞翔！"

---

[1] 选自《先行者》。

蛇说：“我知道有一条紫色的小溪，流经一座大山脚下；谁喝了该溪之水，谁就会像神仙一样长生不老。除了我，不管飞禽还是走兽，都找不到这条小溪！”

金翅雀说：“是啊！如果你乐意，你本可以像神仙一样长生不老。可是，很遗憾，你不会唱歌。”

蛇说：“我知道地下埋有一座神殿，尚未被研究家或考古家发现，我却每个月都去游览一次。那是古代巨人留下的一座建筑物，墙上刻着所有时空秘密；谁读懂了那些铭文，谁的智慧和知识就能与神仙媲美。”

金翅雀说：“亲爱的学者，你说的全对。如果你愿意，你能以你自己的柔软躯体围住历代知识。不过，很可惜，你不会飞翔！”

蛇终于厌腻了金翅雀的谈话，掉头向自己的洞穴爬去，口中念念有词：“上帝诅咒这个头脑空空的歌使！”

金翅雀拍翅飞去，高声唱道：“可惜呀，你不会唱歌！可怜呀，我的学者，你不会飞翔！”

关于诗和诗人[1]

如果你有写作欲望——只有圣人才知道那种欲望——那么，你必须有知识、艺术和魔术：遣词的音乐知识，非矫揉造作的艺术，热爱读者的魔术。

如果要我在“写诗能力”和“诗写成前的心理陶醉”之间选择，我必选择那种“陶醉”，因为那是更为美妙的诗。

但是，你和我的所有邻里都说我不善选择。

诗不是表述出来的一种意见，而是从带血的伤口或微笑的嘴里溢出来的一支歌。

诗是大量欢乐、痛苦和惊奇，外加少许语汇。

诗人寻找自己心中诗歌的源泉，那是徒劳无益的。

一次，我对一诗人说：“只有你死后，我们才能评估你的价值。”

诗人答道：“是的，死神总是揭示隐秘。你如果真想晓得我的

---

[1] 选自《沙与沫》。

价值，那么，你该知道，我心中的比口说出的多，我想写的比手里的多。”

诗是迷心醉神的智慧。

智慧是思想里唱的歌。

我们若能使一个人心迷神醉，并且在其思想里唱歌，那么，我们便真的生活在神的影子里了。

苦思常是诗歌道路上的绊脚石。

学者与诗人之间隔着一片秀美田野，如果学者穿越过去，他就变成了圣贤；如果诗人穿越过来，他就变成了先知。

情歌[1]

一次，一诗人写了一首情歌，高妙自不待言。他抄写了几份，分寄给好友与相识，其中男女均有。他也给一位姑娘寄去了一份；他与她只见过一面，她住在山后。

过了一两天，姑娘差人送来一封信，信中云："请允许我向你吐露真情，我深深被你写的情歌所打动。请你现在就来，来见我的父母，面商订婚事宜。"

诗人即刻复信。信云："朋友，那不过是发自诗人心中的情歌，每个男子都可以唱给每位姑娘听。"

姑娘又写来一封信，信中说："花言巧语骗人的坏蛋！从今到死，我将因你而憎恨所有的诗人！"

---

❶ 选自《流浪者》。

两首长诗[1]

许多世纪前，两位诗人在雅典大街上相遇，彼此都为这邂逅而高兴。

第一位诗人问第二位诗人："你近来写了些什么？这些日子里，你的灵感如何？"

第二位诗人回答道："我刚完成一首长篇大作，堪称希腊有史以来最伟大的诗歌。它是至高宙斯神的独白！"

说着，从大袍里掏出一卷羊皮纸，说："你瞧，就在这里，我随身带着呢！我很乐意给你朗诵一下。来，我们到那棵白杨树荫下坐坐吧。"

他开始朗诵自己的诗，那诗很长很长。

第一位诗人温和、礼貌地说："这是一首长诗，必将流芳百世，令后代称颂。"

第二位诗人从容不迫地问："你最近有何新作？"

第一位诗人答道："我写得很少，只有八行小诗，是为纪念原在花园里嬉戏的少年而作的。"接着，他朗读了一遍。

第二位诗人说："不太好，也不太坏。"

二人各自走去。

---

[1] 选自《流浪者》。

两千年后的今天，第一位诗人的那八行诗，已浮于民口，众人无不赞而咏诵。

而那首长诗，虽然传了下来，却始终藏在图书馆、学者书斋里；人们提到它，却没人喜欢，无人咏诵。

盲诗人[1]

正是光明使我变成了盲人！

那是太阳，慷慨给予你们的是灿烂白昼，而给予我的却是漆黑的夜；那是比梦还深的夜。

尽管如此，我依然遨游天际，而你却住在生你们的地方，直至死神降临，给你们另一生。

看哪，我用我的手杖和六弦琴探路，而你却用串珠自娱。

看哪，我在黑暗中一直往前走，而你们却害怕光明。

的确，我正在歌唱。

我不会迷路，即使阳光隐没。因为主看得见我们的路，而我也在高度戒备之中。

即使我会跌脚，而我的歌声是生着双翅的，依然会翱翔在高风之上。

我是在探看深和高时使双目失明的。凭我的宗教起誓，请问谁在面对深与高景色时会不牺牲自己的双眼？谁又能在看见黎明曙光时不熄灭两只颤抖的蜡烛？

你们说：“他好可怜啊！他看不见天上的星斗，也看不见草原上的延命菊。”

---

[1] 选自《集外集》。

我则说："他们才可怜呢！他们摸不着星辰，听不到草原上的延命菊。"

好可怜哪！他们的耳中没有耳朵。他们的指尖没有嘴唇。

一曲挽歌

阿施塔特的女儿们，和我一道哭吧！
泰穆兹[1]的爱女们，同我一起悲泣吧！
令你们的心融化，溢出血的泪水，
因为金铸牙雕的他一去不再复返。
在黑暗林中，野兽袭击了他，
猛兽的獠牙刺穿了他的肉体。
看哪，他躺下了，遗体被往年的枯叶遮蔽。
他的脚步再也不能唤醒安睡在春天怀里的种子，
他的声音也不再跟着黎明曙光进入我的窗子，
我将永远永远地独处幽居。

阿施塔特的女儿们，和我一道哭吧！
泰穆兹的爱女们，都与我一起悲泣吧！
我亲爱的人已经离开我的身旁，
他的低声细语，如同河水淙淙流淌。
他的声音和时光好似孪生兄弟，

---

[1] 泰穆兹，司农牧、植物之神。系司掌繁殖与爱情的女神阿施塔特的情人。阿施塔特神秘地毁了他，又历尽千辛万苦深入地下，将他救出地面。因此，他的生命历程象征植物冬天死去，春天复生。

他的嘴是血色痛苦，转瞬化为甘甜，
他双唇上的苦涩顿时会变成蜂蜜。

阿施塔特的女儿们，和我一道哭吧！
泰穆兹的爱女们，都与我一起悲泣吧！
和我一起围着他的尸体，像繁星一样哭吧！
看哪，月光就像花瓣一样落在他那受伤的尸体上。
请用你们的泪水打湿我的绸被，
我亲爱的人曾在梦中睡在我的身边，
我醒来一看，他已离开我而去。

阿施塔特的女儿们，和我一道哭吧！
泰穆兹的爱女们，都与我一起悲泣吧！
袒露出你们的胸膛，用哭来安慰我，
因为拿撒勒人耶稣已经死去。

黎巴嫩一男子[1]

——耶稣殉难十九个世纪后抒怀

主啊，歌唱者的主，
无声而言的主，
自打你匆匆来访，我们短暂欢迎以来，
我已生过七次，死过七次。
看哪，我又一次生了，
我带着在山间度过的一天一夜的记忆，
正是你的涨潮将我们高高涌起，
其后我越过许多陆地和大海，
不论在鞍上还是乘风帆，
你的大名总在我们的祈祷与朝拜之中。
人们会赞美你或咒骂你：
咒骂乃是对失败的愤怒；
赞美则是猎人口中的歌，
因为他从山冈上回返时，
有美食带给他的伴侣。

---

❶ 选自《人之子耶稣》。

你的伙伴仍和我们在一起，
以求得快慰与安详。
你的敌人也和我们在一起，
依旧拥有实力和安稳。
你的母亲和我们在一起，
她脸上的光映到所有母亲面颊上。
她的手温情地晃动摇篮，
她的手从容地折叠殓衣。
抹大拉的马利亚依然在我们中间，
她喝过人生酸醋，而后饮人生美酒。
犹大是痛苦的人，微不足道的贪徒，
他也步行在大地上；
如今他饥无可食想吃自身，
正在寻觅“大我”中毁灭自己。

约翰——青春爱美的他——也在这里，
他放声高歌，却没有一个人听。
否认你的鲁莽西门（彼得），
也许在你身后为你而活着；
看哪，他也坐在我们的火旁取暖。
在另一天的东方破晓之前，
也许他会再次否认你；
但他想为你而被钉在十字架上，

自以为有愧于这份荣光。
该亚法和亚那仍像原来那样生活，
继续审判那些罪犯与无辜者。
他俩睡在自己的羽绒床上，
而被判鞭笞的人正在挨鞭抽打。

*　　*　　*

那个行淫时被抓的女人，
照旧蹒跚在我们城区的大街上；
她独自居住在空房子里，
一心向往着尚未开烙的面饼。
本丢·彼拉多也在此间，
恭恭敬敬地站在你的面前，
仍然在不停地审问你；
但他既不敢以自己的地位冒险，
也不敢向任何一个外族挑战。
他还在洗他的双手，
耶路撒冷为他端着脸盆，
罗马为他提着水壶，
成千上万双手想洗得干净圣洁。

* * *

主啊，诗人之主，
宣道、歌唱的主，
他们建造神殿供你的大名栖息。
他们把你的十字架遍插每一高岗，
作为路标指引他们迷途的脚步，
并非为了取悦于你。
你的欢乐是他们目光所及的一座丘山，
那里并没有属于他们神魂的快慰；
他们只想赞颂一位他们不认识的人。
一个像他们一样的人，
一个像他们一样和善的人，
一位与他们彼此间同怀一种爱的神，
一位与他们彼此间同怀一种怜惜的神，
对于他们来说有何可安慰的！
他们不赞颂那个活人，
那个原来目不转睛凝视太阳的人。
是的，他们不了解他，不想做他那样的人。

* * *

他们宁可默默无名，走在无名行列里，

他们宁可忍受忧伤，忧心忡忡，
而不愿意在你的欢乐中寻求快乐，
他们痛苦的心不想在你的言词和歌曲里寻觅安慰。
他们的痛苦无声无形，
致使他们孤独生活，无人来访。
尽管他们在亲朋、同胞当中，
却生活在恐惧里，无人送来友情。
但是他们不想在孤独中活着，
甘愿西风吹来，弯腰向东。

*　　*　　*

他们把你称为国王，
都想进入你的宫廷。
他们宣布你就是盼望中的救世主。
他们都期望自己被涂上神圣香膏。
是的，他们都想依靠你的生命而生活。

*　　*　　*

主啊，歌唱者的主，
你的眼泪就像五月的阵雨，
你的笑声就像白海的波涛。

当人们双唇点燃烈火之时，
你的言谈就像溢于他们唇上的低语。
你的笑声已渗入他们的骨髓，
而他们还未对笑声做好准备。
你为他们的眼睛而哭泣，
而他们的眼睛尚未流泪。
你的声音是他们思想和智力之父，
你的声音是他们言谈和呼吸之母。

* * *

我已生过七次，死过七次，
我现在又生了，
看见你是斗士中的一位斗士，
现在你是诗人上的诗人，
见你是王者之王，
却又是赤身半裸地站在流浪汉当中。
主教每日呼唤你的名字时，
总是低下自己的头。
乞丐每天总是说：
“看在耶稣的面上，
给我们一角买面饼的钱吧！”
我们之间相互拜访，

其实是在拜访你。
在我们需求和愿望的春天，你像涌动的潮水；
当我们的秋天来临时，你又好似退潮。
你的名字总挂在我们唇边，声音或高或低，
啊，无限悲天悯人的主！

*　　*　　*

主啊，我们寂寞时刻的主！
这里那里，在摇篮和棺木之间，
我遇见你那默不作声的兄弟们，
他们是不受拘束的自由人，
那是你的母亲天地的儿子，
他们酷似天上的飞鸟，
又像是田野的百合花。
他们靠你的生命活着，
他们借你的思想思考，
他们反复重唱着你的歌。
但是他们两手空空如也，
并未被钉在更大的十字架上，
这其中有着他们的苦涩。
这世界每天都把他们钉在十字架上，
但是用的方法极为简单。

苍天并未为之震惊，
大地亦未因死者而遭阵痛。
他们被钉在十字架上，
无人为他们的愁苦做见证。
他们左顾右盼，
无人乐意在自己王国里为他们谋职，
但他们仍想一次又一次地被钉在十字架上，
以求你的神成为他们的神，
你的主成为他们的主。

*　　*　　*

主啊，至爱者的主，
等待你到来的有香闺里的公主，
孤灯下已婚而不见丈夫的女子，
大街上寻觅耻辱面包的娼妓，
修道院里没有丈夫的修女。
还有倚窗而站的不育妇女，
但见冰霜正在玻璃窗上涂画森林，
她在这图画中看到了你，
她想做你的母亲，从而得到安宁。

*　　*　　*

主啊，诗人的主，
我们的无声愿望之主，
世界的人随着你的心跳而搏动，
但它不伴着你的歌而燃烧。
世界在宁静的欢乐中聆听你的声音，
但它不从自己的座位上站起来，
更不会去攀登你的群山之脊。
人想做你做的梦，
但不愿伴着你的黎明苏醒，
因为黎明是他更伟大的梦。
他想用你的目光观看，
但不想拖着沉重脚步走向你的宝座；
虽然如此，却有许多人用你之名登上王位，
还借你的力量当上了主教，
并且把你那金子般的访问，
化成他们头上的王冠和手中的权杖。

*　　*　　*

主啊，光明之主，
你的眼睛居于盲人善摸的手指里，

而你依然被蔑视和嘲笑；
柔弱之人难以成神，
太像者不会被人们崇拜。
他们做弥撒、唱赞美诗，
他们献祭、祈祷，
全为了他们那被囚禁的自我。
你只是他们的遥远自我，
你只是他们的遥远呼声与苦涩折磨。

*　*　*

然而你，主啊，
有着天之心的主，
我们美妙梦中的骑士，
你仍然行进在我们的时代中。
弓与矛无法延缓你的脚步，
你能在我们的箭间穿行，
仍在高处向我们绽放笑颜。
虽然你比我们都年轻，
却成了我们众人之父。

*　*　*

诗人啊，歌唱家啊，
有着伟大之心的主，
让上帝为你的大名祝福，
让上帝为孕育你的子宫祝福，
让上帝为哺育你的乳房祝福！
愿上帝宽恕我们所有人。

一个未实现的愿望

——萨露美对女友谈耶稣

他像阳光下闪光的白杨。
又像孤寂山中的一汪湖水，
湖面在阳光下闪闪放光。
亦像山顶白雪熠熠闪光。
是啊，他与这一切何其相似！
我已经深深爱上了他。
然而我却怕他出现，
只因爱他而难以站立起来。
为伏在他的两脚前，
我伸开双臂将他的双脚抱住。

我多么想对他说：
“我在任性时害死了你的好友[1]，

---

[1]《新约全书·马太福音》载：先知约翰因指责希律王不该娶兄弟之妻希罗底为妻，因此被监禁；但因见他在群众中威望高，希律王不敢杀他。后来，希律王过生日设宴，希罗底的女儿萨露美跳舞祝贺，希律王甚为高兴，当场答应满足她的任何要求。萨露美就按母亲的唆使说：“请把施洗约翰的头，放在盘子里，拿来给我。”希律王果然差人在牢中斩了约翰，把头放在盘子里，拿来给了萨露美，拿去给了她的母亲希罗底。此处所讲正是《圣经》中的这一故事。

你能否宽容我的过错？
能否怜惜我的青春，
将我从迷途中解救，
步上你指出的光明之路？”
我知道他会宽恕我，
为取他朋友的圣洁首级而舞蹈。
我相信他能在我的行动中，
看到他致力于布道的题目。
世上没有他过不去的深谷，
也没有他穿越不过去的干渴沙漠。

是啊，他像白杨树，
他像山岭中的湖泊，
又像黎巴嫩山顶上的冰雪。
我多想在他衣褶里令我热唇降温！
可是，他离我多么遥远，
我又是那样腼腆怕羞；
我有心跟踪去找他，
却又被我的母亲拉住。

每当他从我面前走过，
我的心总被他的美貌吸引。
但我母亲因蔑视他而蹙眉，

总阻止我凭窗眺望。
我每回卧室她便大声喊：
“他还不是大漠上食蝗蛮汉？

“他不是个嘲弄人的叛逆者，
煽动暴乱，企图夺取我们的权杖、王冠？
他不是诱使他那块可恶土地上的狐狸、胡狼，
号叫着冲过来，妄图登上我们的宝座？
从今以后遮起你的脸面，
等待他的头被取下，只是放在他人之盘。”

母亲说了这些话，
但我完全听不进心里。
我偷偷地依然爱着他，
睡梦中只觉周围满是火焰。

如今他已离我而去，
我的心气也随着他走了。
或许我的青春一去不复返，
因为青春之神已被戳斩。

一曲哀歌

耶稣殉难后的第四十天，马利亚的女邻居们来到马利亚家里表示慰藉，献唱哀歌。其中一女邻居唱道：

你去了哪里，我的春天，你去了哪里？
你的芳香升入了哪方天际？
你将在哪块田中漫步？
你将向哪重天抬头诉说你的心理？
这里的山谷行将荒芜，
我们的土地只有干旱光秃，
一切翠绿都将被太阳晒得焦枯。
果园里产生的将是酸苹果，
这里葡萄的味道也将变苦。
我们渴望喝到你的甘醇，
我的鼻子期待闻到你的芬芳。
我们的报春花，你去了何方？
莫非你不再回返？
难道你的茉莉花不会从新来访？
你的樱花草不再簇拥在我们的路旁，
以便告诉我们：

我们也有根深入大地之中，
我们那不住气息永远升向天空？

你去了哪里，耶稣，你去了哪里？
我的邻居马利亚的儿子，
我的儿子的忠实伙伴，
你究竟去了哪里？
我们的早春，你去了哪里？
你到了哪块田地？
你可会再回到我们身旁？
你可会驾驭爱的高潮，
到我们荒芜梦岸探访？

召唤[1]

——赛达女大祭司福米雅

扶着你们的竖琴，
让我放声高唱；
弹起金弦、银弦，
我将歌唱那勇敢的男子汉：
他斩杀了山谷中的巨龙，
然后弯腰凝视，
那被杀死的庞然大物，
心中有道不出的伤悲。

扶着你们的竖琴，
请同我一道放声高唱；
高山上的参天橡树，
也在歌唱着那位男子汉：
他心如浩瀚苍穹，
手似海洋无岸无边。
他吻过死神的苍白之唇，

[1] 选自《人之子耶稣》。

如今却抖动在生的嘴边。

扶着你们的竖琴，
请和我一道放声高唱；
歌颂那丘山上的勇敢猎手，
他瞄准猎物，射出神箭；
继而收起兽角、犬齿，
豪气满怀轻步下山。

扶着你们的竖琴，
请与我一道放声高唱；
歌唱那征服了山城的勇敢青年，
也征服了平原上的城市，
虽然那城市像蟒蛇盘在沙原。
他不同侏儒搏斗，
仅抗击饮食我们血肉的神仙。
他就像第一只金隼，
只把雄鹰作为对手；
因为它生有巨大翅膀，
从不与小鸟们计较长短。

扶着你们的竖琴，
请与我一道放声高唱，

放声高唱海与岸之欢歌。
神仙已经死亡，
然却依旧躺在
被遗忘的海中荒岛上；
而斩杀神仙的勇士，
仍盘坐在自己的宝座上。
那勇士仅是个青年人，
春天还没有给他长全胡子；
他的人生的夏季原野，
依然碧青翠绿。

扶着你们的竖琴，
请和我一道放声高唱。
放声高唱横扫森林的暴风，
风暴摧毁枯枝和光秃细枝，
却把活根埋入深土里，
让它舒适地睡在大地母亲怀抱。

扶着你们的竖琴，
请与我一道放声高唱。
高唱我们心爱人物的永生之歌。
姑娘们呀，你们先歇歇手，
把你们的竖琴放在一边。

现在我们怎能把他歌唱！
我们的低吟达不到他的暴风里，
也不能渗进他的无声庄严中。

把你们的竖琴放在一边，
快在我的周围围成一圈。
我向你们重复他的话语，
并向你们讲述他的事迹。
因为他的话语的回声，
比我们如今感触到的都更深沉。

在睡莲间[1]

——约拿单[2]谈耶稣

一天，我同我心爱的人在一湖上划船，那湖中的水是甜的。黎巴嫩的群山簇拥着我们。

我们在垂柳的宽阔浓荫下划来荡去。

我正执桨划船时，我的心爱之人抱起四弦琴，边弹边唱道：

除了睡莲花，谁知水与太阳？
除了睡莲花，谁解天和大地？
亲爱的人儿，瞧那傲然挺立水天之间的金花，
就像你我洒然被爱神怀抱着，
由来已久，永远继续。

亲爱的人儿，划起桨来，
让我拨动我的琴弦。
让我们与垂柳同步，
但是不要离开睡莲。

---

❶ 选自《人之子耶稣》。

❷《圣经》上有十七个约拿单，此处的约拿单不像其中的任何一个。

拿撒勒人有位心似睡莲的诗人，
一次他访问了一女子的灵魂。
他深知水留给女子的干渴，
更知她对太阳的饥饿，
虽然鲜美食物沾满她的双唇。

人们说他正在加利利步行，
我却说他正和我们一起荡舟。
亲爱的人儿，难道你没看见他的面容？
你没看到柳枝抚摩着他在水中的倒影？
你没看到他和我们一起晃动？

亲爱的人儿，
熟知生命的青春多美！
晓得生命的欢乐多甜！
那船桨不是总属于你！
我的玉指不是常弹琴弦！
莲花在阳光里微笑，
细长柳枝伸向水面，
拿撒勒诗人的声音响在我的琴弦。

亲爱的人儿，
荡起你手中的双桨，

让我弹起我的琴弦。

拿撒勒有位诗人，

知道我们在一起，

对我们怀着无穷爱怜。

亲爱的人儿，

荡起你手中的双桨，

让我弹起我的琴弦。

附录

大地之神[1]

当世第十二夜夜幕垂降，夜海之潮的沉寂吞噬了所有丘陵时，

生于大地，却是高山生命之主的三位神灵出现了。

万条江河纷纷流向他们的脚下，

雾霭浪涛淹没了他们的前胸，

他们在这个世界上庄严地昂起头。

之后，他们开始说话；他们的声音翻波滚浪，宛如远处传来的雷声，轰鸣在广阔草原上。

甲神：

风吹向东方，

我想把脸转向南面，

因为死物气息将我的嗅穴充满。

乙神：

这是火烧尸体的气味，柔和而芬芳，

---

[1]《大地之神》原版并未收录于本诗集中，因其属于散文诗，文字较为优美，可与《行列之歌》相媲美，故收录其中。

我愿饱吸，仔细品尝。

甲神：
那是在用微火焚尸，
气味顿时弥漫空间，
就像大气里的恶臭，伤我感官，
我想把脸转向没有臭味的北边。

乙神：
那是有果木生命燃烧放出的香气，
我时刻都想足吸饱饮。
牺牲是神灵生存基础，
饮血才能解神灵之渴，
让其心平要用年轻灵魂；
唯死者心灵发出的叹息，
才能增强神灵的意志，
神灵宝座下堆积着历代人的灰烬。

甲神：
我的灵魂已厌恶一切存在，
我不伸手创造世界，
也不伸手抹掉已有世界。
倘若我能死去，我决不再活着，

因为世代重担压在我的肩上，
大海无休止的喧嚣，
掠尽我睡梦库中的宝藏。
我宁愿放弃原始目标，
像落日一样消隐；
我想根除自己的神性，
将我的死亡气息挥洒宇宙，
日后永不生存；
为从时间记忆步入时间空虚，
我甘愿就地自焚。

丙神：
请听我说，二位胞弟，
那山谷中有位青年人，
对着夜耳吟唱心底秘密；
他的吉他用黄金和黑檀制成，
发出的是金与银的铿锵响声。

乙神：
我并不为此感到自负，
我能选择的，只有最艰苦之路。
我跟随四季，斩断历年荆棘，
我播下种子，看着它刺穿大地。

我将花从其隐身处唤出，
用力量将之武装，令其拥抱生活；
当暴风笑在林中，我再将之拔掉，
把人类从永恒的黑暗中唤醒。
我要使人类之根保持对大地的思念，
将生存渴望植入人类之心，
喝令死神为人类端杯把盏。
我将给人类以友情；
那友情因痛苦而增长，
那友情因向往而高尚，
那友情因思念而加深，
那友情因首次拥抱而消亡。
我用白日神圣之梦束缚其夜晚，
我为其白昼注入夜晚的神圣梦幻，
继之使其日夜近似，一成不变。
我使其幻想像山顶兀鹰，
使其思想如同海上暴风；
然后给其慢手用于判断，
给其重脚用于思考。
赠之以快乐，令其在我们面前唱歌；
赋之以忧愁，让其到我们这里避难。
当大地因饥饿而高声求食时，
我使其成为卑贱者，

将其灵魂举到忍耐之上，
让其能够品味我们的明天。
我还要让其躯体滚上泥巴，
好让之不忘自己的昨天。
我们应如此统治人类，直到时光完结。
我们应该抑制人类那一口气；
那口气以呼唤母亲始，以童子哭泣终。

甲神：
我的心干渴得如似火烧，
但我却不想喝弱者的血；
因为杯子已被污染，
杯中的苦汁味依然留存在我的嘴边。
我像你，和了泥，制作了各种会呼吸的东西，
但没送上丘陵、山冈，至今仍在我的手里。
我像你，照亮了生命初始的黑暗深处，
我看着生命走出洞穴，登上岩顶。
我像你，带来了春天，造就了春之美，
以便抑制青春谬误，迫其生产、繁殖。
我像你，把人类从一处带到另一处，
将其听不到、看不见的恐惧化为一种动荡不安的信念，
但人类看不见我们，或不认识我们。
我像你，将暴风置于人类头上，以让其在我们面前折腰；

我让大地在我脚下摇动，直到人类向我们大声求救。
我像你，我选择化外大洋，于是人类侵犯岛上的窝巢，
人类至死央求我们。
这都是我的所作所为，还不止这些。
我的一切全是空的、假的；
假的是苏醒，空的是睡眠；
三倍的假与空便是梦幻。

丙神：
二位胞弟，在那香草林里，
有位为月亮跳舞的姑娘，
姑娘的发髻上有一千颗露珠星星，
双脚周围有一千扇翅膀。

乙神：
我们将人类当作葡萄蔓栽种，
我们在黎明紫雾中把地翻耕。
我们观察着瘦弱枝条生长，
我们随岁月给嫩叶以营养。
我们帮助蓓蕾抵御不良因素袭扰，
我们保护花儿不受黑暗灵魂侵伤。
如今，葡萄藤已结出葡萄，
你们既不把葡萄送往酒厂，

更不将杯盏斟满玉液琼浆。
你们的哪只手将采集果实?
有比干渴更期待醇酒佳酿?
人类本是神灵的口中之食,
当神唇吮吸人类的气息时,
人类的光荣方才刚刚开始。
一切表面的东西,
因永远是表面而没有价值。
童子的割礼,青年的爱情,
壮年的大志,老年的智慧,
帝王的荣耀,斗士的胜利,
诗人的欲望,权贵与圣徒的荣誉,
这其中包容的一切一切,
都是神灵的美食;
神灵不将之送入口里的,
只能是不吉祥的食物。
就像麦粒,只有被夜莺吞下去,才能变成情歌;
就像这样,人类成了神灵的食物,方才能够品尝到神性。

甲神:
是的,人类是神灵的食物!
人之一切都将被送上神灵的永恒饭桌!
怀孕的痛苦,生产的折磨,

孩子撕裂夜静的哭叫之声，
为了从乳房挤出凋零生命而与困神搏斗的妇女的忧愁，
从青年断裂中呼出的灼热气息，
因负宝库尚未打开的爱情重担而淌出的眼泪，
因耕荒地而淌汗的壮男的前额，
生命不由自主地呼唤入土的凋谢老人的伤害……
你们好好看哪，这就是人类！
饥饿造就的生灵，却又成了饥饿神灵的美味。
葡萄藤在不死的死者脚下的大地泥土里匍匐，
花儿在恶魔的夜里开放，
葡萄只有在泪水、惊惧和耻辱的白昼才能成熟。
虽然如此，你们仍要求我又吃又喝，
希望我在入殓的面孔中间就座。
我从岩石唇间吸汁而生存，
我从干枯手中获久在永恒！

丙神：
二位贤兄，二位恐吓兄弟，
山谷深处有个唱歌的青年，
然而他的歌声却直上山巅，
他声震森林，撕裂长天，
驱散了大地的梦幻。

乙神：

（常堵着自己的耳朵）

蜜蜂在你的耳边嗡鸣，

蜂蜜到了你的嘴边变苦。

我想安慰你一番，

可是，何处通向安慰之路？

神与神对话，只有深谷听赏，

因为神与神之间的鸿沟无法丈量。

宇宙寂静，没有风声；

虽然如此，我仍想安慰你，

欲把乌云密布的区域变成晴空万里。

虽然我们的力量和悟性彼此相等，

但我仍旧想劝说劝说你。

当地球从宇宙中分离出来时，我们这些原始居民，

彼此发现对方都在无瑕的光明里。

我们发出的第一种神秘、颤抖的声音，就是让空气和水流动，

之后我们并肩行走在年轻而古老的世界上，第四位神灵的光从我们缓慢的脚步回声中诞生，追随我们的脚印，以其幻想使我们的思想和意愿变得一片黑暗，只能借着我们眼里的光观看。

后来，生命来到了地球，灵魂进入了生命；灵魂是万物中长翅膀的乐曲。我们控制了生命和灵魂，除了我们，谁也不知道如何度量岁月，亦不晓得如何称量历年里薄雾似的梦幻，直到第七世代来临时，我们才在中午涨潮时，让大海做了太阳的新娘。

我们在这种神圣的婚姻床上生出了人类，虽然当初体弱多病，且带着父母的标记。

人类行走在大地上，双目却在星空。通过人类，我们发现了通往大地遥远地方的道路。

人类是生长在黑暗水面上的低等芦苇。我们用人类制造了芦苇，又从芦苇空心中倒出了我们的声音，且让这声音传遍无声世界的各个角落，从不见阳光的北方传到灼烤的南部沙漠，从白日诞生的尼罗河新娘的大地传到白昼消隐的巨大岛屿。

你可以看见心地软弱的人类，因我们的意愿而鼓起勇气，用吉他及宝剑进行冒险。

人类在传播我们的意志，宣扬我们的权威。

人类用友爱之脚踩出的沟渠，正是泻向我们意愿大海的河流。

我们坐在我们的最高处，借人类睡觉做我们的梦。

我们催促人类的白昼离开那远处晚霞谷地，到丘陵上寻找自己的完善。

我们挥手掀起席卷世界的风暴，
将人类从和平状态引向有果圣战，
从那里走向胜利明天。
我们的眼里有明亮的光，可使人类灵魂变成火焰，
把人类引向高尚团结，并愤而预言，
从那里走向坚强明天。
人类为奴性而生，
把奴性视作报偿和光荣。

我们通过人类求取我们的标记，

我们用人之生命寻觅我们的自身完美。

假若大地之土能使人类的心寂静，那么，哪颗心又能送回我们话音的回声？

假若人类的眼睛因黑夜看不见东西，那么，谁能看见我们的荣誉和光芒？

人类是我们心灵的第一个儿子，也是我们的形象和殷鉴，我们应该如何对待他们？

丙神：

二位贤兄，二位全能兄弟，

美丽舞女的双脚已经醉于乐曲之酒，

如同展翅高空盘飞的鸽子，

搅得空气微微颤抖。

丙神：

云雀呼唤云雀，

而兀鹰在上空盘飞，

却不会停下听赏歌声。

你想宣布自爱以人类的崇拜而完美，以人类的奴性而满足；

然而我的自爱却没有边界，没有止境。

我想高居大地一切亡物之上，

把我的宝座建在九霄云天，

我用双手束缚广宇，包围苍穹。
我欲把银河当弓，
我想以彗星作箭，
我打算用无限控制无限。
至于你，虽则有力量，却无意这样办。
人类与人类亲，
正如神与神近。
你想让我那疲惫的心灵，
去回忆那消亡在雾霭里的寝宫；
而我的灵魂却在山间寻其自身，
双眼追觅落在平静水中的倒影。
我的昨日新娘已在生产时死去，
访问她子房的只有寂静，
吸吮她乳汁的只有风中黄沙。
喂，我那死去的昨天，
我那受束缚的神性之父，
哪位大神能在你飞时将你抓住？
哪位伟神能迫使你生在笼中？
哪位伟大太阳神能向你的腹中注入温暖，让你将我生出？
我既不诅咒你，也不向你祝福。
正像你把生活重担压在我身上一样，
我将把重担推到人类的肩上。
不过，我不像你那样无情，

我是永恒之神，将人类变成了幻影。
而你，已经死去，使我得以永生。
我的昨天，逝去的昨天，
你将随着遥远的明日回返，
莫非我该把你送入法院？
你能伴着生命的第二个黎明醒来，
抹去你挂在大地上的记忆吗？
我真希望你和所有死者一道站起来，
直至大地被其苦果扼死。
大海因充满被杀者的血而呻吟，
灾上之灾吸尽大地所有空失之肥。

丙神：
二位兄弟，二位神圣兄弟，
我们的姑娘已听到诱人的歌声，
她正在觅寻歌唱的青年，
她像初生的小羚羊，惊喜不已，
在岩石和溪流上翩跹起舞，
把溪流与岩石转向各个方向。
开启的眼睛闪烁着已逝目标和一半成功的欢乐之光，何等美丽！
因享受着预期的欢乐而发出的颤抖微笑，又是多么甜蜜！
什么花会从天上掉下来？
什么火会从地狱里升起？

什么花与火，会将静默的心带到这种欢乐之中及绝生断气的恐怖里？

我们在天上做过什么梦？
我曾把什么念头送入风中？
我们又怎样开启夜的双眼，
将山谷从沉睡中唤醒？

乙神：
你已给了神圣织机，
你已带来织衣技术，
织机和技术永远属于你；
属于你的还有黑线和光线，
属于你的紫红和金黄。
虽然如此，衣还要你亲手织，
你的双手用风和火织就人类灵魂；
你现在却想把线割断，
将你那纤细手指伸向无声永恒。

甲神：
是的，是的！
我将把手指伸向尚未铸造的永恒，
我将把双脚踏向未曾踩过的田地。
听赏别人听过的歌声，

听赏耳朵回忆起来的乐曲……
这对我来说，还有少年乐趣？！
我的心思念一切能够想象之物，
我只让我的灵魂记忆之神在已知世界长驻。
看在主的面上，莫用空名考验我，
也莫用你我之梦在我这里寻求安慰。
因为我及大地上的全部所有，
连同即将出现的东西在内，
都不能迷惑我的灵魂。
啊，我的灵魂呀，
你的面孔无声无息，
夜之幽灵睡在你的眼里；
然而你的沉默，
也实在令人望而生畏至极。

丙神：
二位贤兄，二位镇静的兄弟，
姑娘已经发现歌手，
她眷恋凝视着他的容颜。
姑娘迈着神奇的虎步，
蹒跚在葡萄树与起伏的篱笆之间；
歌手唱着情歌望着姑娘的脸面。
喂，二位贤兄，二位粗心的兄弟，

可有用痛苦编织白衣物的神仙？
可有放肆星辰已经逃窜？
谁悄悄将夜晚与白天分开？
谁将手置于我们这个世间？

甲神：
我的灵魂，我的灵魂，
围着我的腰炽燃的火圈，
我怎样引导你的走向？
我该把你的思念转向哪个宇殿？
我那没有伴侣的灵魂，
你饥饿难耐，正捕食自身；
你想用自己的泪水解渴，
因夜神不赐予你甘露，
白日之神也不给你果品。
我的灵魂，我的灵魂，
请把你那满载希望的船推向海岸，
可有涨潮解救你的船舵？
可有风神吹满你的船帆？
你已起锚，双翅也已待展，
然而你上空的天一语不发，
平静的大海也在嘲弄你沉默寡言，
你与我的希望何处会现？

人间或天上还有什么变化有求于你？
莫非你想让无量女神怀上你的救星，
那胎中救星比你的梦幻更加多能，
企盼救星之手携你摆脱奴性？

乙神：
抑制你那顽强的呐喊，
屏住你那火热的呼吸，
因为大地耳聋，苍天无眼。
我们就是世界内外的一切，
我们与无际永恒世界之间，
只有尚未形成的爱好及未圆满的目标。
你迷恋未知之知识，
那未知之知识蒙着游动的雾霭，
居于你的灵魂深处。
是的，你的救星就睡在你的灵魂深处；
他睡时能看到你醒时所看不到的东西。
这就是我们存在的秘密。
难道你拒绝采摘你的收获？
却将你的种子播到你的梦中？
你为何将你的雾霭摊在被毁田里？而当你的同伴寻找你时，
你却想收集雾霭，结果徒劳无益？
不要慌忙，好好看看世界，

看看你那没有断奶的娃子！
大地是你的住所，大地是你的宝座，
在人类至高理想之上，将人类命运把握。
人类带着悲与欢来见你，
你却不想放走他们，
而是盯着人类眼中的东西。

甲神：
黎明会把夜神之心抢在怀里？
大海会用死物包裹自己？
我的灵魂像黎明一样站起，
赤身裸体，毫无为难之意。
像永不休息的大海，
我的心将大地和人类的垃圾丢弃。
喜欢我的，我都不喜欢，
但我想登至高处，虽然我力所不及。

丙神：
二位贤兄，仔细想想，
两颗去往星际的灵魂已相聚太空，
面面相觑，默不作声。
歌已经中止歌唱，
而被太阳烧得干渴的喉咙仍在颤动。

他的女舞伴也已中止舞蹈，
而他，也没有入梦。
二位贤兄，二位奇怪兄弟，
夜色越来越暗，
圆月越来越明。
在森林与大海之间，
有位姑娘高声呼唤你俩和我去她心中。

乙神：
世界真是没有意思！
我们整日站立、燃烧在太阳面前；
我们就像双子星座，
生活和观察都在夜间。
用戴着王冠的头迎四面风，
用没有涨潮的呼吸祛人们的病，
又是多么卑躬下贱！
制帐者坐在织机前胡乱击打，
陶工转动坯台从来心不在焉。
而我们这些不眠的全知者，
则已从猜测忖度黑暗中挣脱。
我们不犹豫，不思考，不观察，
因我已经超越了难题界限。
让我们安居，放走笼中幻梦之鸟，

就像让江河泻入大海那样，
不让岩石边沿将我们羁绊。
当我们到达海心，吞下海浪时，
不再思考来日命运，中止争辩。

甲神：
抛开这无休止的占卦之苦！
这将白昼送入晚霞，
又把黑夜带往黎明的苏醒多么讨厌！
将我们带入永久记忆与忘却的涨潮，
只能收获希望的连续种植，
又使我们感到多么厌烦！
一成不变的由土化为雾霭，
雾霭又带着思念而归于土，
如此反反复复，多令我们心烦意乱？！
怎可用量他物尺度衡量不变的时间？
莫非我的灵魂需要化成大海，
波浪永远相互干扰，没有休闲？！
或变成相互搏击的风，不住旋转？！
假若我是男子，假若我是香气，
我还是能够忍受这一切的；
或者我是天神，
只求得将人类和神灵的空虚填满。

然而我和你都不是人类，

我们也不是上方的天神，

而是晚霞，不断消失，不断出现；

又是神灵，掌管世界，又被世界掌管。

我们命中注定要吹喇叭，

然而吹起的灵魂即喇叭奏出的乐声，并不是我们的，而是来自天宫。

因此，你看到我容易发怒。

我极愿倾尽我的腹中之物，直至腹空。

我想远远避开你的眼睛。

我想从这个沉默青年的记忆中消失；你看他坐在我们附近，凝视山谷；他是我们的弟兄。

虽然他的双唇在动，但未曾发出音声。

丙神：

二位粗心贤兄，

我要说话，我要道出真理。

但你俩只听你俩之间的谈话。

我求二位看看你俩和我的尊严，

然而你俩却紧闭着双眼。

二位贪婪上界与下界权势的统治者，

二位不将昨天与明日相互嫉妒了断的神灵，

二位动辄以闪电击打我们眼眶的兄弟，

我不与你二位理论抗争。
万能者的手指忘记那旧琴之弦，却将双子星当琴，把昴宿作钹，
你俩唠唠叨叨，万能者还在弹琴拍钹；
但愿你俩仔细聆听万能者的歌。
看哪，那里有一男一女，
如火似焰，如胶似漆，欲在爱恋中。
根吮吸大地紫色乳房，
火的花朵挂在苍穹胸上。
我们就是紫色乳房，
我们就是无边上苍。
我们的灵魂是生命之魂，
夜宿于干渴喉咙里，
用波浪之衣遮掩纯洁少女的胴体。
你们的权杖改变不了我们的容貌，
你俩的烦恼本身正是贪欲之心，
因这一切将在男女相爱中消尽。

乙神：
男女相爱究竟是怎么回事，
请看看轻盈的东风如何起舞，
再听听西风如何唱歌！
请看我们的正道坐在宝座上，
正以屈服的灵魂为舞蹈的身躯唱歌。

甲神：

我不把目光转向大地幻想，

我不看那大地之子，因其沉醉于被你称为爱情的缓慢痛苦。

何为爱情？

不过是经过装饰的鼓，

引导着由趣味疑心组成的长长队伍，

走向另一种形式的缓慢痛苦。

我不想看这种空洞之物。

那里究竟有什么？

不过是一男一女，张着罗网的森林在教他俩否定自我，

为我们尚未到来的明天生子添福。

丙神：

知识带来的痛苦何其可恶！

我们的探讨和疑问加给世界的阴暗面具可以休矣，

我们每时每刻向人类耐心发出的叹息可以废除！

我们在石头下放一种蜡，

然后说那是一种泥，

那就让人类在泥里寻找自己的来世！

我们手握白色火焰，

然后心想：那是自身香气回到自身，

那是我们自由的呼吸；

其后开始在手和唇间寻找更多香气。

大地之神，我的兄弟，
即使我们身在山顶，
我们的脚依然踩着大地。
在人类的黄金时刻，
我们的智慧能从人类眼中得到美？
或者我们去服从人类的爱好？
在爱情重兵集结的地方，
你如何对付我们的思想大军？
他们正是被爱情征服的人。

爱情带着队伍，踏着他们的身躯从大海走向大山，又从大山走向大海。

他们现在站下来，含羞、庄严地相互拥抱在一起，
通过爱情花瓣相聚，呼吸生命的神圣香气；
通过灵魂的结合，发现生命的秘密。
他们的眼帘上写着我们的祈祷词。
爱情是神圣帐篷下曲折而庄重的夜。
天空已经变成森林，
所有的星辰都已变成萤火虫。
我们是世上及世外的一切，
然而我们探问的，不及爱情深远；
我们唱的，远远不及爱情高尚。

乙神：

你思遥远地域，

却不重视你立足的这个地球。

广宇之中只有一个以魂换魂之地。

美本是见证者和占卜师；

仔细看哪，美遍布我们四周，

美又充满我们的手，让我们把耻辱清除出口。

最远者就是最近者，

美在之外，应有尽有。

啊，美梦兄弟呀，

离开黑暗忧愁的大地时代，

请回到我们中间来！

将你的双脚从无时空中解脱，

和我们一道在这平安之中生活，

这就是你和我们用石头砌成的安乐窝。

甩掉你那用脉搏制作的外衣，

来和我们一道治理这年轻绿色大地。

甲神：

永恒的祭坛啊，

莫非你想为你的祭物找位神灵？

那么，我来了，

我将以身接近痛苦和爱情。

那里站着用我们旧思念刻就的舞女，
歌手和着风浪高声唱着我们的歌曲。
在那舞蹈和歌声里，
全能之神死在我们的灵魂深处。
我那居于胸中的心神正呼唤天主心神，
使我不得休息的人类欲望正呼唤神性，
我们久所寻觅的美正向神性呼救。
我边听边称量了这种呼声。
我呀，我已放下武器，
美是通向死于自身之手的被杀自身的路。
弹起你的琴弦，
我准备走上那条道路，
那条路一直延伸到另一处黎明。

丙神：
爱情已经取得胜利！
无论爱情是湖边上的纯洁雪白，还是鲜嫩碧绿，
也不论是在高原的苍穹里，还是在人山人海的花园里，
或是在人迹罕至的广漠之中，
爱情总是我们的导师和上帝。
爱情既不是肉体里多余的欲望，
亦非愿望与自身搏斗中落下的鳞片，
更不是高居灵魂之上握着武器的肉体。

因为爱情不知为何冲动，
但却偏离老路走向神圣森林，
歌而舞之，向永恒之耳倾诉秘密。
爱情是青春，桎梏已被打碎；
爱情是丈夫气概，已从大地痛苦中挣脱出来；
爱情是被神圣火焰炽燃的温柔女性，因此灿烂天光四射光芒；
爱情是灵魂深处的深邃笑意，
爱情是全能征战，将你带向苏醒。
爱情是大地上的新的黎明；
爱情是你我都未见过的一天；
然而爱情怀着自己那颗伟大的心，到达了最神圣的地方。
二位贤兄，二位兄弟，
新娘从黎明中心走来，
迎接她那来自晚霞的新郎。
婚礼将在幽谷里举行，
那将是空前伟大的时辰。

乙神：
自打第一线晨光将平原抛向丘陵和山谷时，情况就是如此，
这将一直延续到最后一个夜晚之后。
我们的根已在谷中生长出舞动的树枝，
我们则是升入云天的歌香之花。
永恒与死亡是两条和睦共处的河，

不住地呼唤着大海。
呼唤声的间隔，仅仅存在耳中。
时光使我们的听力增强了信心，
并将之加在了时光的愿望里。
声音不对无疑心的死者保持沉默，
我们的心中则已产生了若干疑虑。
人类是我们心灵的稚子，
人类是神灵，正缓慢登上自己的神位。
我们在人类的幸福与痛苦之间安然入睡，梦游幻境。

甲神：
让歌手欢唱，让舞女跳舞吧！
请让我安静一会儿，
我的灵魂今夜想休息。
我已感到困倦不堪，
我能在梦中看到一个更光明的世界；
比眼前这些更辉煌的万物将出现在我的梦境。

丙神：
我要站起来，把我的灵魂从时空界限中解放出来，
我要在那块没有人迹的田地里起舞，
舞女的脚将与我的脚一起移动，
我将在那个天堂里放声高歌。

人类的声音将和着我的声音颤抖，
我们将走向那遥远的晚霞，
也许将在另一世界的黎明中苏醒。
然而爱将永在久存，
手指不能抹掉爱的踪迹。
神圣熔炉闪烁着火光，
从那里升起的每柄火炬，都是炽热的太阳。
我们应该寻觅一个角落，在我们的大地神性里安睡，
把权力交给来日，交给人类的柔弱之爱。